Jürg Schubiger: Haller und Helen

Regula und Dani,
zur anerkannt

herzlich
Jürg

Oktober 62

Jürg Schubiger

HALLER UND HELEN
Roman

Haymon

Umschlag: Benno Peter

Der Autor dankt der Kulturstiftung PRO HELVETIA für die Unterstützung seiner Arbeit.

Die Deutsche Bibliothek – CIP-Einheitsaufnahme

Schubiger, Jürg:
Haller und Helen : Roman / Jürg Schubiger. – Innsbruck : Haymon, 2002
 ISBN 3-85218-396-0

© Haymon-Verlag, Innsbruck 2002
Alle Rechte vorbehalten
www.haymonverlag.at

Satz: Haymon-Verlag
Druck und Bindearbeit: Druckerei Theiss GmbH, A-9431 St. Stefan

Um auf Strack zurückzukommen, sagt Haller: Strack hat sich fast jeden Tag in den Finger geschnitten, ohne Übertreibung, oder in den Wundverband, den er vom letzten oder vorletzten Schnitt her um den Finger trug, den Zeigefinger, den Daumen der linken Hand. Das geschah beim Schneiden einer Salami, die er als Zwischenmahlzeit einnahm, zwischen Morgen- und Mittagessen, zwischen Mittag- und Abendessen, auch zwischen Abend- und Morgenessen, wenn das Fernsehen ihn wachhielt. Und mit diesen verbundenen Fingern spielte er dann auf seiner Handorgel, seinem Klaviertasten-Akkordeon, die schwierigsten Sachen noch, Musette und Tango – so meisterhaft und ohne sich zu schonen, dass die Finger regelmäßig neu zu bluten anfingen und der Verband sich rötete. Wenn es so weit war, brach er ab. Um das Instrument, sagte er, nicht zu versauen.

Haller wischt sich mit zwei Fingerkuppen die Mundwinkel, bevor er ergänzt: Strack war ein unfallgefährdeter Mensch, er war ein Hornochs. Wo er stand und ging, geschah etwas. Und er kam immer davon. Er stürzte, oder etwas stürzte auf ihn herab, eine Leuchtreklame, der Ast einer Bergföhre, ein Wellblech mit scharfen Kanten. Und dann lag er im Spital, wie ein Sieger, wie ein Gladiator, mit einem großen Kopfverband und einem kleinen dunklen Gesicht, und ich saß an seinem Bett. Das Lachen musste vermieden werden, jede Verschiebung der Kopfhaut zog an den frisch genähten

Schrammen. Strack lachte trotzdem, konnte nicht anders. Dann nahm er einen großen Schluck von dem Zwetschgenwasser, das ich mitgebracht hatte, verschluckte sich, musste husten und verzerrte das Gesicht. So war er.

Man hätte also erwartet, dass er an etwas Besserem stirbt als an Krebs. Haller holt schlürfend Luft. Er sagt: Das Lachen ist ihm vergangen. Man konnte zusehen, wie es verging. Strack war beleidigt, vom Leben übers Ohr gehauen. Er hätte ja weiß Gott noch eine Ehrenrunde verdient. Einen Arm voll Gladiolen. Haller weint nicht, fast nicht, nur durch die Nase. Er schnäuzt sich. Über das Nastuch hinweg sagt er: Strack hat noch einiges vorgehabt. Und jetzt? Man weiß nicht, hat er es jetzt hinter sich oder wo. Haller schnäuzt sich noch einmal und gründlicher. Man kommt zu nichts, schnauft er.

Um das Nastuch zu versorgen, lehnt Haller sich zurück und streckt ein Bein. Die Armlehne des Stuhls versperrt den Weg zur Hosentasche. Haller findet einen Zugang von außen, unter der Lehne hindurch. Man läuft dem Leben hinterher, sagt er. Und nach einer Pause: Eben hat man die Fingernägel geschnitten, und schon sind sie wieder gleich lang wie zuvor. Die Zehennägel stoßen Löcher in die Socken. Man hat sich angezogen und schon muss man aufs Klo, dann kommt wieder das Hochziehen der Unterhose über das Unterhemd, der

Hose über das Hemd. Man wäscht sich die Hände, man trocknet sie, man denkt, man hätte gestern eigentlich duschen sollen, und tut's wohl auch heute nicht, tut's erst, wenn man stinkt. Man sucht seine Brille, man nimmt seine Medizin, man geht zum Arzt, man geht zum Zahnarzt, man geht zum Coiffeur. Was ich eigentlich sagen will: Man kommt zu nichts. Man kommt ins Schnaufen. Haller schnauft. Wie viele Bücher wollte man noch lesen? Alle. Die Bibel endlich einmal ganz. Seine Dias wollte man ordnen, die Landschaften nach Regionen, um das Fehlende rechtzeitig noch zu ergänzen, das Fehlerhafte zu ersetzen. Man nahm sich vor, die Altersvergünstigungen der Bahn häufiger zu nutzen. Dann aber sitzt man da, die Tage kommen und gehen, mit ihren Mahlzeiten und ihren Mühseligkeiten. Man sitzt da, in der „Sandhalde", und man redet, redet. Man: Hans Haller, geboren 1916 in Dietikon, und Helen Roux, mit Er, O, U, Iks.

Haller mag Aufzählungen, und er schätzt Dinge, an denen er nicht zu rütteln braucht. Er sammelt sie für den Notfall, weiß aber nicht, woran man den Notfall erkennt, ob er nicht bereits da ist.

Das Alters- und Pflegeheim, das wir bevölkern, fährt Haller fort, befindet sich in Auwil. Die nächste Stadt ist Zürich. Die nächste Mahlzeit ist das Mittagessen. Die nächste Jahreszeit ist der Frühling.

Helen, das Kinn auf der Brust, untersucht einen lose

baumelnden Knopf ihrer Strickjacke. Sie zupft daran, um zu prüfen, wie fest er noch hält. Sie merkt nicht, dass Haller ihr zuschaut. Ihr krauser Kopf hängt am mageren Hals wie der Jackenknopf an seinen Fäden.

Das nächste Fest ist die Fastnacht. Die nächste Nacht ist eine Vollmondnacht. Und zwar – Haller vergisst das Reden, wie er mitten im Essen zuweilen das Essen und mitten im Gehen das Gehen vergisst, sich überrascht hingestellt sieht an einen Parkplatz mit leeren Feldern oder vor ein Gartentor.

Helen zupft und dreht am Knopf und lässt ihn pendeln. Er hält, er hält nicht, er hält. Sie scheint zu keinem klaren Ergebnis zu kommen. Aber es geht auch ohne ein klares Ergebnis. Sie lässt die Gedanken baumeln, während ihr Körper festsitzt. Helen ist geh- und stehbehindert. Sie lebt im Rollstuhl. Außerdem hört sie schlecht. Wenn sie das Hörgerät vergisst, sitzt sie allein, für sich oder eher für niemand.

Was Hallers Beine angeht: sie sind steif, aber sie tragen ihn. So weit jedenfalls, wie der gewöhnliche Gebrauch es hier noch erfordert. Ein täglicher Morgenspaziergang zum See, ein wöchentlicher Ausflug in die Stadt gehören zu diesem Gebrauch. Größere Gänge macht er neuerdings am Stock, um ein abgenütztes Hüftgelenk zu entlasten. Seine Ohren sind intakt. Als er heute in der Frühe ein Rotkehlchen hörte, meinte er sogar die Ultraschalltöne, zu denen das Lied aufstieg, als exakte Ahnung, als gestrichelte Linie noch zu fassen. Haller trägt eine Brille. Zwischendurch, wie eben jetzt, macht er es ohne. Er kennt ja das Gelände.

Auf sein Spüren kann er sich nicht ganz verlassen. An guten Tagen merkt er, ob er eine zähe alte Semmel oder eine knusperige frische in der Hand hält. Er weiß dann auch wieder oder kann es sich vergegenwärtigen, wie es war, über eine fremde Haut zu streichen, und wie es ungefähr war mit den Teilen des übrigen Körpers. An schlechten Tagen kann er die Semmel gerade noch von der Hand unterscheiden, die sie hält.

Haller kommt auf Strack zurück. Strack, sagt er und denkt nach. Wenn Haller am tiefsten nachdenkt, denkt er bereits nicht mehr. Sein Kopf summt, dann sinkt er ein wenig. Bis, wer weiß woher, ein nächster Satz ankommt: Als Strack sich zum ersten Mal unbequem fühlte, als er anfing sich hundsmies zu fühlen in seinen Betttüchern und in seiner Haut, da glaubte man zunächst, es läge an der Spitalkost. Strack selber war überzeugt: Es war der Fenchel, den er täglich vorgesetzt bekam. Wenn man fragte: Wie geht's?, schloss er die Augen. Es sah aus, als beschäftige er sich mit der gestellten Frage. Er wusste nicht recht, hatte er Schmerzen oder hatte er keine. Als er es dann wusste, waren sie schon unerträglich.

Haller vergewissert sich seines Atems. Ein zweites, drittes Mal prüft er sein Volumen. Er kommt an kein

Ende damit. Das Ergebnis einer solchen Prüfung garantiert ja nichts. Schon der nächste Atemzug kann wieder missraten.

Es ist Mittwoch. Es hat geschneit. Man rechnet mit raschen Aufhellungen.

Helen bleibt still, auch während Hallers häufigen Pausen. Es ist, als würde sie schon reden, dächte bloß nicht daran. Zuweilen beschäftigt sie sich mit kleinen Versen und Reimen, die sich mühelos in ihrem Mund zusammenfinden: Es schneit, es schneit, so lang wie breit, direkt herab aus der Ewigkeit, Amen. Es kommt auch vor, dass sie plötzlich lärmt. Nachdem sie zwei Tage vollständig stumm gewesen war und, soweit man sah, durchaus vergnügt, krähte sie über die mit Zwergwacholdern gesäumte Terrasse hinaus: Ich kann nicht mehr laufen! Ich kann nicht mehr laufen! Ich kann nicht mehr laufen! Sie streckte zwei kleine steinerne Fäuste dem Boden zu. Ihr Hals war doppelt so lang wie sonst. Ein Vogelhals. Das war Ende Januar.

Haller ist einer der selbständigen, das heißt nicht pflegebedürftigen Bewohner des Hauses. Er hat die üblichen Beschwerden seines Alters, nicht alle üblichen, aber einige. Atemnöte gehören dazu, dann, abhängig von der Tageszeit, vom Wetter, vom Zufall, ein mehr oder weniger starkes Zittern der Hände und vor allem Schlafstörungen. Das Einschlafen ist kompliziert geworden. Es nimmt oft mehr, gelegentlich viel mehr als eine Stunde in Anspruch. Die kurzen Zerstreutheiten dagegen, die ihn bei Tag überkommen, sind harmlos. Kürzlich entschied er, weil es regnerisch war, mit dem Schirm auszugehen. Auf der Straße aber fand er sich erschrocken mit den Hausschuhen in der Hand.

Vor sechs Jahren ist Haller mit Maja, seiner Frau, die abwechslungsweise kränklich und krank gewesen war, in die „Sandhalde" gezogen. Sie brauchte mehr Betreuung, als er, mit Unterstützung der Gemeindeschwester, noch geben konnte. Am neuen Ort aber fühlte sie sich unbehaglich. Vom Bett aus ordnete sie an, wie die Schubladen der Kommode einzuräumen waren. Noch bevor alles lag und stand, wie sie es haben wollte, begann sie zu sterben. Angestrengt und aufgescheucht und zäh. Ihre Hände ragten wie Pflanzen aus dem Bett empor. Dann, eines Tages, endete sie mit einem Ruck, als hätte der Tod sie erschlagen.

Als ihr Bett leer war, die Leintücher entfernt, das Zimmer gelüftet, fing Hallers Leben an zu schrumpfen und war bald schon nicht mehr zu erkennen. Es gab Tage, da fiel ihm sogar das Seufzen schwer. Er ging in der Regenjacke aus und kam ohne sie zurück. Er ließ die Dinge stehen und liegen, und mit sich selber machte er es ebenso.

Was ihn nun beschäftigte, war vor allem das Unvollständige, das Unbrauchbare, das Unerfreuliche. Er vermisste den Beerengarten, eine Hörbücherei, eine Ersatzlampe für den Diaprojektor und ganz besonders, sozusagen bei jedem Schritt, die Türschwellen, die klare Trennungen, Orientierungen gegeben hätten. Die Fußböden hier hatten etwas Uferloses. Es gab nichts mehr, worüber er stolpern konnte, nur noch die eigenen Beine.

Wenn seine Tochter Elvira ihn besuchte, ging ihm auf, wie sehr sie vorher immer fort gewesen war. Er dachte an die Stunden ohne sie und schwieg.

Die täglichen Tätigkeiten reihten sich aneinander, als füllten sie einen Zählrahmen aus. Haller sah das Unnütze all dieser Beschäftigungen, der eigenen wie der fremden um ihn herum, der vielen kleinen Leistungen für einen abgenützten Körper, der Sorgen um Blutdruck und Stuhlgang, das Ungezieferige der Hände und Blicke. Aus den alten Mündern kamen manchmal Sätze, die Haller nicht gleich verstand: Heute ist man froh um ein wenig Schatten.

Was?

Der Gefragte schrie: Heute ist man froh, sage ich, um ein wenig Schatten.

Haller blieb im Heim. Er erhielt ein kleineres Zimmer mit einem grüneren, beweglicheren Licht. Wenn er schräg aus dem Fenster schaute, sah er einen Mostbirnbaum. Heute ist man froh um alles, sagte er, als der Umzug vorbei war.

Er brauchte fast zwei Jahre, um sich wieder zu fassen. Dann sah man ihn oft mit einer beinahe blinden, immer gut ausstaffierten Frau, Agnes Müller, die den Tod ihres Mannes, der schon Jahre zurücklag, nicht wahrhaben wollte. Abends jammerte sie, beklagte aber keinen bestimmten Verlust, sondern die Misere des Alters im Ganzen. Ihre Tränen lösten die Wimperntusche des rechten Auges. Mit dem linken weinte sie nicht. Wenn sie sich dann ihre Hässlichkeit vergegenwärtigte und dabei das geschwärzte halbe Gesicht vor Kummer verzog, sah sie völlig verwüstet aus. „Wie im Krieg", dachte Haller – mit einer Redensart seiner Mutter, die das Leben mit solchen Vergleichen bewältigt hatte. Frau Müller ließ sich von ihm auf ihr Zimmer begleiten, schloss sich ins Bad ein, schminkte sich neu. Haller hatte keine Ahnung, wie sie das anstellte und wie sie sich sonst zurechtfand. Die Fingernägel, das wusste er, lackierte sie nicht mehr selbst.

Frau Müller siezte alle, die sie umgaben, aus Vorsicht vermutlich, da sie nicht so rasch ausmachen konnte, wer fremd und wer vertraut war. Kam jemand in ihre Nähe, wandte sie den Kopf dem Geräusch entgegen und fragte: Wer sind Sie? Haller antwortete: Haller. Mit der gleichen Wendung des Kopfes, aber mit einem anderen Ton fragte sie eines Abends: Josef? Haller hatte ihr einen seidenen Schal, der zu Boden geglitten war, um den Hals gelegt. Agnes, antwortete er, indem er sie auf die Schläfe küsste. Er brauchte seine Stimme kaum zu verstellen, sie war der des verstorbenen Josef Müller, des ehemaligen Vorstands des Bahnhofs Turbenthal, so ähnlich, dass Haller, ohne es zu wollen, zu einer willkommenen Rolle kam. Er gab Agnesens Hand einen Halt auf seinem angewinkelten Arm und führte sie zu ihrem Stuhl oder in den Wintergarten vor eine Voliere mit exotischen Vogelstimmen. Er sagte dabei nicht viel, ihren Vornamen dann und wann, eine Spur langsamer, als er sonst sprach, eine Spur tiefer, mit geräumigerer Kehle, die, spürte er, auch und erst recht seine Kehle war. Oder er zählte, das Kursbuch auf den Knien, die Stationen der Tösstalbahn auf: Winterthur, Winterthur-Grüze, Winterthur-Seen, Sennhof-Kyburg, Kollbrunn, Rikon, Rämismühle-Zell, Turbenthal. Vor Turbenthal machte er einen kleinen Halt, damit das dreisilbige Wort den richtigen Raum bekam. Frau Müller lachte. Die Anfahrt aus der entgegengesetzten Richtung, von Rapperswil her, war aus irgendeinem Grunde weniger interessant, zur Auflockerung aber unentbehrlich. Rapperswil, Jona, Rüti, Tann-Dürnten, Wald, Gibswil, Fischenthal, Steg, Bauma, Saland, Wila, Turbenthal. Oft nahm Haller ein paarmal hintereinander diese schlechtere Variante, um der besseren, die folgte, noch mehr Glanz zu geben. Frau Müller lachte dann so laut, dass sie über sich selber erschrak. Sie hielt die Hand vor den Mund, dahinter aber lachte sie weiter, nicht mehr über Hallers Stationen-Litanei, nur noch über ihr Lachen. Meistens machte sie dabei in die Hose.

Haller konnte das nur vermuten. Sicher war, dass sie sich danach meistens für eine Weile zurückzog, in ihr Bad, vor das er sie begleitete, und aus dem sie dann lächelnd, wie nur Blinde lächeln, wieder herauskam.

Haller spielte den Josef Müller mit einigem Eifer. Ob mit Erfolg, blieb unklar. Vielleicht gab Frau Müller sich nur für Augenblicke der Illusion hin oder bloß zum Schein, um Hallers schöne Anstrengungen nicht zu stören. Wenn sie ihn im Halbdunkel, das sie umgab, mit dem Namen ihres Mannes suchte, klang ihre Stimme hoch und ein wenig falsch, als treffe sie einen Ton nicht ganz.

Strack, sagt Haller. Es dauert eine Zeit, bis ihm einfällt, was er erzählen wollte. Strack hat ein wenig Blut im Urin gehabt. Wer darüber besorgt war, dem rechnete er vor: Angenommen, nur mal angenommen, man verlöre einen Kaffeelöffel Blut in der Stunde, wovon er natürlich weit entfernt war, es würde über vierzig Tage dauern, bis man einen Liter weniger hätte. Und was war schon ein Liter. Den ersetzte man in der halben Zeit. Strack wusste, wovon er sprach. Mehr als einmal jährlich spendete er Blut. Die Krankenschwester tastete nach der kräftigen Vene an seinem kräftigen Arm. Nachher bekam er wahlweise Kaffee oder Ovomaltine, dazu einen Nussgipfel oder zwei.

Helen japst. Sie hat den Jackenknopf in der Hand – den bloßen Knopf.

Haller lässt sich nicht ablenken. Strack, sagt er, Strack also. Und nach einer Pause: Strack hat „verwundet" und „verwundert" nicht mehr auseinander halten können. Er sagte immer „verwundet". Nein, „verwundert" sagte er. Ist ja egal. Eins von beiden hat er gesagt und das andere nicht.

Haller wischt sich die Mundwinkel. Das tut er zwischendurch beim Reden. Als er im Heim noch neu war, sah er, wie ein älterer Pensionär auf seinen Lippen zusammen mit den Worten feine Bläschen entstehen ließ. Das war abstoßend und lächerlich und musste vermieden werden. So ergab sich die kleine säubernde Bewegung, die inzwischen zum Tick geworden ist.

Strack war sportlich, weiß Gott, hat Radsport getrieben. Hat noch vor ein paar Jahren täglich seine fünfundzwanzig Liegestütze gemacht. Er war ein Radfahrer, ein Vegetarier und ein alter Hornochs. Haller spricht das Wort in scharf getrennten Silben aus. Wenn ich ihn so nannte, lachte Strack, so gut es noch ging. Haller lacht.

Helen lacht auch, hält weiterhin den abgerissenen Knopf in der kleinen Faust.

Unter allen Bekannten, es sind nicht mehr viele, war Strack der Einzige, den Haller alter Hornochs nennen konnte. Und er wird, das hat Haller vergangene Woche an Stracks Grab entschieden, der Einzige bleiben.

Zum Blut im Urin ist nachzutragen: Kein Anlass zur Besorgnis. Das Blut kam nämlich, so stellte sich heraus, von einem ärztlichen Eingriff. Man hat Strack, sagt Haller, man hat seinem Gewebe eine Probe entnommen. Anlass zur Besorgnis war dann aber das Gewebe. Haller wiederholt das Wort, das vom Einfachsten geradewegs ins Undurchsichtigste führt: Gewebe. Dabei schaut er durchs Fenster. Auf einer Leiter steht der Fensterreiniger, der halbjährlich kommt. Ohne die Augen abzuwenden, greift Haller nach seiner Brille, setzt sie auf, schief zuerst, dann rückt er sie zurecht. Er rüstet sich für den Blick des Mannes, dem er zuwinken möchte. Auf den noch ungereinigten Scheiben liegt, das sieht man erst jetzt, ein feiner Belag.

Der Knopf, sagt Helen. Sie hängt, den einen Arm bis zum Zeigefinger gestreckt, mit dem Oberkörper über die Rollstuhllehne und versucht unter den Tisch zu schauen. Der Knopf!, befiehlt sie.

Was sie genau will, geht Haller erst auf, als das Ding ihm vor den Schuh gerät. Er bückt sich danach, hört dabei Helens Singsang: Der Knopf, der Tropf, der Kropf, der Kopf, der Topf, der Topf, der Topf.

Über Strack bleibt einiges noch zu sagen. Haller sucht eine Fortsetzung. Was er mit „einiges" im Einzelnen meint, ist ihm vorübergehend unklar. Einiges, betont er. Dass ihm dabei die Tränen kommen, merkt er an der schlechter werdenden Sicht. Solche Anwandlungen gehören zu seinem alternden Gemüt. Er tastet nach dem schwer zugänglichen Taschentuch, zieht schließlich, bevor er es zu fassen bekommt, den Rotz in die Nase. Jetzt hat er das Tuch in der Hand.

Helen schaut ihm zu, gespannt, als könnte jederzeit Erstaunliches passieren.

Haller bemerkt ihren Blick. Unter ihren krausen Haaren vermutet er krause Gedanken. Seine Mutter hätte solche Haare mit der Stahlwolle verglichen, mit der man früher die alte, schmutzig gewordene Wichse von den Parkettböden „spänelte". Andere Haare waren „wie Putzfäden" oder „wie ein Vogelnest". Für alles hatte die Mutter den passenden Vergleich, der sich in der Regel auf Haus und Garten bezog. Mit Ausnahmen. Wenn sie Kinderlärm hörte, sagte sie: „Das tönt ja wie in einer Judenschule". Haller denkt an die Mutter, für die er als Junge gespänelt, eingekauft, Teppiche geklopft, Geschirr getrocknet hat. Ein Pfadfinder und seine guten Taten. Haller sieht die alte Küche vollständig vor sich: den Holzherd, den dunkel gesprenkelten Schüttstein, den Geschirrschrank, der bis dicht an die Decke reichte. Die Person der Mutter sieht er nicht, er muss sie sich denken.

Weit her, lang her, sagt Haller und weiß im Augenblick nicht, was richtig ist, weit oder lang. Breit ist falsch, so viel steht fest. Lang her, sagt er, sehr erleichtert darüber, aus der Frage schon wieder heraus zu sein. Nachts hätte er sich länger damit gequält. Wenn er ausgestreckt unter der Decke liegt und ihm allerlei durch den Kopf geht, durch den Kopf und durch das Kopfkissen, durch das Kopfkissen und durch die Matratze, wenn er denkt: Dafür also hab ich mich unter die Decke gelegt, dass mir nun stundenlang allerlei, allerhand – dann kommt er in Atemnot, in Not überhaupt. Allerlei oder allerhand? Bevor er die Antwort nicht hat, geht das Leben nicht weiter. So denkt er nachts manchmal, und er bleibt wach, um das Eintreffen des richtigen Wortes nicht zu verpassen.

Stracks Haare: eingeölt, streng nach hinten gekämmt, „wie Schnittlauch". Die Zähne des Kammes hatten Rinnen hinterlassen, die bis auf die Kopfhaut gingen.

Zurück zu Strack, sagt Haller. Er war nicht nur ein geborener Akkordeonist, er war auch ein geborener Sänger. Für alles, was er tat, war er geboren. „O Dona Clara, ich hab dich tanzen gesehn." Ein geborener Radfahrer, Motorradfahrer, Fahnenschwinger, Wachtmeister der Fliegerabwehr. Ein geborener Pilzkenner: Waldchampignon, Wiesenchampignon, Riesenchampignon. Und ein alter Hornochs, weiß Gott, ein geborener alter Hornochs. Er hat mir sein Pilzbuch versprochen, falls er mal stirbt. Falls: Er glaubte nicht daran, dass er einmal sterben würde. Man stirbt, ob man daran glaubt oder nicht. Haller wiederholt den Satz.

Strack und ich, wir hätten uns viel früher kennen lernen können. Das merkten wir erst, als sein Gewebe bereits in Abklärung war. Dass man sich so verpassen kann, so haarscharf, sagte Strack. Oder sagte ich es. Wir gehörten zur gleichen katholischen Pfadfinderei, St. Christophorus, ohne voneinander zu wissen. Wir standen in der gleichen Warteschlange vor dem Essen und lärmten mit dem Blechgeschirr. Es war ein Sommerlager in Wildhaus, so viel ist uns schließlich klar geworden. Haller denkt an das, was unklar blieb. Strack behauptete, es habe die ganzen Tage nichts als geregnet, erst beim Abbrechen der Zelte sei die Sonne gekommen. Er dagegen erinnerte sich nur an ein einziges heftiges Gewitter. Inzwischen aber kann er sich die Woche genauso gut verregnet denken. Feuchte Kleider und feuchtes Brot.

Vor dem Morgenessen musste man zur Messe. Man hatte die kalte Kirchenluft um die nackten Beine. Man kniete und gähnte, stand und gähnte, kniete und gähnte. Weder Gott noch sein Sohn, noch der Heilige Geist, für die man in aller Herrgottsfrühe aufgestanden war, haben an der Versammlung teilgenommen.

Helen fingert die ganze Knopfreihe ihrer Jacke durch. Als hätte sie mit einem Instrument zu tun, mit einer Klarinette. Eben fängt sie oben wieder an. Und stöhnt und summt dazu. Haller betrachtet das ihm zugewandte Ohr, auf dem das heftpflasterfarbige Hörgerät sitzt, und stellt sich vor, dass die Afrikaner schwarze, die Chinesen gelbe, die Indianer rote Geräte benützen. Oder goldene, silberne, eine Farbe, die den Wert der Anschaffung aufblitzen lässt.

Strack hatte große Ohren, „wie Kohlblätter", stellt Haller fest, wie die Blätter des Wirsings, auch Wirz genannt. Der Weißkohl heißt auch Kabis. So nannte man als Kind die Brüste der Frauen, wenn man sich getraute. Wenn man sich nicht getraute, lachte man wenigstens über das Wort. Die Ohren, sagt Haller, wachsen auch im Alter noch, wenn alles Übrige schrumpft. Und im Sarg, heißt es, wachsen einem weiterhin die Fingernägel, die Fußnägel, die Haare. Haller betastet seine Ohren, schätzt ihre Länge ab. Sie fühlen sich, merkt er, noch befremdlicher an, als sie tatsächlich sind. Eine

Zeit lang hatte er jeden Morgen vor dem Spiegel überprüft, ob die Ohren über Nacht gewachsen waren. Manchmal schienen sie länger zu sein, manchmal gleich lang wie am Abend zuvor. Kürzer nie. Es ist nicht so, dass Haller sich längere Ohren gewünscht hat. Mittlere gefallen ihm gut. Was er sich wünschte, war Klarheit: Wachsen sie oder wachsen sie nicht? Und Beweise für oder gegen das Wachstum.

Hallers Finger haben etwas entdeckt: eine Beule am Hinterkopf. Sie umkreisen den Ort. Zwischendurch halten sie an, wechseln die Richtung. Helen beobachtet sie. An ihrem beharrlichen Blick merkt Haller erst, womit seine Finger beschäftigt sind. Wie ist dieser Hügel, fragt er sich, der auf Druck mit einem kleinen runden Schmerz antwortet, wie ist er auf seinen Schädel gekommen? Der Stoß oder Schlag muss hart gewesen sein. Haller vergegenwärtigt sich die Topographie dieses Morgens, das Zimmer, das Bad, noch einmal das Zimmer, den Korridor und den Lift, die Halle, die Vorhalle, die verschneite Straße, den verschneiten Weg am See. Weit und breit kein Hindernis, kein Stoß oder Schlag. Die Welt sah aus, als wäre sie noch gar nicht da, als wäre nur ihr Platz schon hergerichtet, nur eine Seepromenade, provisorisch mit Kastanienbäumen bestückt. Dazu, als Entwurf, ein Saum von Wasser, das in den Lücken zwischen ein paar ersten Ufersteinen ein Schnalzen und Schmatzen erzeugte.

Haller steht auf, um Kaffee zu holen. Als Kind, sagt er im Stehen, als Kind bekam man sofort eine große Münze, einen Fünfliber, auf seine Beule gedrückt. Das half. Als Kind war man leicht zu trösten. Was man als Kind alles war: leicht zu trösten, leicht zu überreden, leicht zur Ordnung zu rufen. Man war gefügig, man hatte einen guten Schlaf. Wie ein Herrgöttchen hat man geschlafen. Dass diese Kindheit im gleichen Leben stattgefunden hat, das immer noch in Gang ist, bleibt schwer zu fassen. Selbst die Küche dieser Kindheit, wenn es sie noch gäbe, den Holzherd, den dunkel gesprenkelten Schüttstein, den Geschirrschrank, der bis dicht an die Decke reichte, selbst wenn es sie noch gäbe, diese Dinge ... Haller holt Luft, um zu seufzen. Man denkt manchmal, man kennt die Kindheit nur vom Hörensagen noch. Sich selber hört man sagen, wie es damals war. Man hatte damals einen guten Schlaf. „Damals", überlegt er, ist ein Wort von damals.

Mit Helen lässt sich über schlechten Schlaf nicht sprechen. Helen schläft immer gut, das heißt, sie schläft einfach. Mit Agnes Müller war es anders, sie wusste, wovon er sprach. Wenn sie ihrerseits klagte, sie habe die ganze Nacht kein Auge zugetan, klang das allerdings sonderbar. Haller stellte sich vor, Blinde könnten ohne weiteres auch mit offenen Augen schlafen.

    Die guten Stunden mit Agnes Müller liegen nun schon drei, vier Jahre zurück. Frau Müller streckt ihre

Hand nach keinem Männerarm mehr aus. Und der Name Josef ist jetzt offensichtlich einer unter viel zu vielen. Wer sind Sie?, fragte sie immer noch, ohne sich aber für die Antwort zu interessieren. Eine Zeit lang hörte sie noch hin, mit gerunzelter Stirn, als würde sie der Auskunft misstrauen: Haller? Heute beschränkt sie sich auf die Frage, die sie in Abständen wiederholt: Wer sind Sie?

Ihr grünseidenes Négligé, das sie lange noch selber gewaschen hat, hängt nicht mehr zum Trocknen auf ihrem Balkon. Im vergangenen Herbst hat Haller das mit komplizierten Stickereien versehene Hemd noch regelmäßig gesehen, wenn er von seinem Morgenspaziergang zurückkam.

Das Einschlafen kann Stunden dauern bei ihm. Dabei beginnt der erste Versuch meist ganz ermutigend. Er hat sich hingelegt und ausgebreitet und hat auch gleich eine gute Körperschwere gefunden oder vorgefunden, denn oft scheint die Schwere nicht zu ihm, sondern zum Bett zu gehören. Der Saum der Decke bildet den Horizont. Haller ist wunschlos, wünscht nur, dass es so bleibt.

Dann merkt er, dass die Schwere zwar schön, aber nicht vollständig ist. Die Füße sind noch nicht ganz inbegriffen. Sie ragen steil auf, lassen einen Tunnel entstehen, durch den kalte Luft den Fußkanten entlang hereinzieht oder nächstens hereinziehen wird. Haller verändert die Schräge der Füße. In der Annahme, es gebe eine richtige Stellung, auf die man beim Ausprobieren irgendwann stößt, dreht er sie zueinander hin, voneinander weg. Die Waden- und Schienbeinmuskeln antworten mit einer Spannung, die einen Muskelkrampf ankündigen könnten. Um es den Füßen bequemer zu machen, um den Abstand zur kühlen Umgebung zu vergrößern, um vor allem etwas Grundsätzlicheres zu tun, schiebt Haller seinen Körper in die Diagonale des Bettes. Dabei verrutscht das Pyjama; es spannt jetzt um den Bauch. Das lässt sich, wenn gleichzeitig der Hintern angehoben wird, mit einem Ruck korrigieren. Dass dieser Ruck auch an der Decke rücken würde, hätte man voraussehen können. Eine Schulter ist nun frei und der Luft ausgesetzt. Haller zieht und zupft behutsam, damit nicht gleichzeitig auch das untere Ende der Decke wieder in Unordnung kommt. Jetzt ist ihm wohl.

Nur den Füßen bereits nicht mehr. Zeit, sich auf die Seite zu drehen. Damit der Ärmel dabei nicht mitgedreht und um den Arm gewickelt wird, lockert Haller vorher, nachdem er den Arm durch Aufstützen frei gemacht hat, die Schulterpartie des Pyjamaoberteils. Er schiebt das Kissen zurecht, gibt ihm den richtigen Winkel zur Wange und liegt dann da, die Beine angezogen wie ein Motorradfahrer, und fühlt sich sofort grenzenlos wohl und in Fahrt. So wie andere sich in ihren Betten fühlen mögen, bevor der Schlaf über sie kommt.

Andere, einzeln oder zu zweit. Haller überblickt ein ganzes dunkles Land voller Betten mit bauchigen Decken, unter denen geatmet wird.

Die Ärmelnaht spannt in der Achselhöhle. Ein Griff unter den Arm, ein Ziehen am Stoff, eine im Großen und Ganzen fast überflüssige Korrektur. Das Gefühl war so ja schon rund genug. Es lässt sich auch durch das linke Knie nicht stören, das etwas hart auf dem rechten liegt. Eine tiefere Lage dieses Knies, auf dem Schienbein etwa, wäre nicht besser; eine höhere schon gar nicht, denn die würde das ganze Gleichgewicht in Frage stellen. Das Hüftgelenk, das sticht oder zu stechen droht, hilft hier das Richtige zu finden. Das einzig Richtige. Es gab eine Zeit, denkt Haller, wo alles rund und richtig war. Lang her, weit her, weit zurück. Wie man sich auch dreht, man hat sie immer hinter sich, diese Zeit, im Rücken, und vor sich immer die angefangene Nacht.

Haller reibt die Füße aneinander, die ganzen Beine, damit sie nicht noch kälter werden, als sie schon sind. Später, wenn die rechte Schulter mit einem leichten Unbehagen vor einem größeren zu warnen anfängt, wird er sich auf die linke Seite drehen. Und wird sich in ein kurzes, aber grenzenloses Wohlsein sinken lassen. In solchen Augenblicken glaubt er sich dann doch an den Schlaf des Kindes zu erinnern, das er gewesen ist, an den leichten, atmenden Körper neben einem anderen atmenden Körper, dem seines kleinen Bruders, im hohen Bett. Eine Lücke, ein Durchlass entsteht und ein Stückchen Schlaf.

Fünf Minuten später, eine Stunde später, liegt er wieder wach. Er findet sich mit offenen Augen vor, findet den alten Mann, der hinausschaut in sein Zimmer, in die Schattenlandschaft vor dem matten Rechteck des Fensters. Stuhllehne mit Kleiderwulst, Tisch mit Tischlampe, mit Fotorahmen, mit einem Stapelchen ungelesener Bücher. Was er sieht, ist noch nicht die Welt, erst der Vorhof der Welt oder – ein wohltuender Gedanke – der Vorhof seiner eigenen fremden Seele, die er als ein ausgedehnteres Gefäß verstehen kann.

Der Schlaf ist jetzt genauso nah wie unerreichbar. Haller hat sich noch einmal für ihn bereitgelegt, wartet auf seine Ankunft. Jeden Augenblick kann er da sein. Haller beschäftigt sich mit dem Gedanken, dass er nicht mehr wach sein wird, wenn der Schlaf kommt, dass er den Moment seines Eintreffens verschlafen, verpassen wird. Kein „Ach, endlich", kein „Da bist du ja", kein – Haller kann das nicht zu Ende denken.

Der Tag nach einer solchen Nacht behält dann etwas Nächtliches. Die Welt gleicht einer mit Tageslicht beleuchteten, mit nervösen Tagträumereien bespielten Bühne.

Haller steht mit einem Tablett vor dem Tisch, auf dem Helens Hände liegen. Er schiebt das Tablett an den Händen vorbei und verteilt, behutsam und fast ohne zu zittern, das Hergebrachte: Helen bekommt eine Tasse Kaffee, einen Kaffeelöffel, zwei Becherchen Sahne und eine Tüte Zucker, er selber nur eine Tasse Kaffee. Das Tablett ist leer. Haller weiß nicht recht, wohin damit, stellt es schließlich, an ein Tischbein gelehnt, zu Boden. Er richtet sich auf und holt Luft. Helen schaut mit schrägem Kopf einäugig zu ihm empor.

Haller ist wie von einem kleinen Donner gerührt. Wir sind hässlich, sagt er. Zwei gerupfte Hühner. Wir sind vom Leben gerupft. Er setzt sich. Wir sollten uns schämen, Helen, weiß Gott, und wir tun es auch. Wir möchten gern schön sein. Einen größeren Wunsch haben wir nicht.

Helens Hände sind in Bewegung. Sie öffnen die Becherchen und die Tüte und treffen mit Zucker und Sahne den richtigen Ort.

Hallers Hände kommen leicht ins Zittern. Eine kleine Anspannung genügt. Sie lassen ihn oft nicht einmal mehr seinen Namen schreiben. Wenn er sie zu beherrschen sucht, widersetzen sie sich. Hallers Mutter würde sagen, „sie machen Tänze". Dann und wann schlagen sie aus wie Pferde, stoßen dabei ein Glas um, oder, wie kürzlich, drei Gläser aufs Mal. Haller hat beruhigende Tabletten, die er notfalls auch einnimmt. Was die Tabletten nicht beseitigen, ist ein fremdes Gefühl, das unvermutet auftreten kann, wenn er eine Gabel ergreift, einen Wasserhahn dreht, ein Zeitungsblatt wendet, das auftritt und wieder vergeht oder nicht vergeht, als hätte er mehr als zehn Finger, mindestens zwölf, und die kämen sich in die Quere. Haller gibt zu, dass er von seinen Händen enttäuscht ist.

Strack hat sich fast jeden Tag in den Finger geschnitten, oder in den Verband, den er um den Finger trug. Oder um mehrere Finger. Ohne Übertreibung. Ich übertreibe nur, wenn es unbedingt sein muss. Strack, sagt Haller. Schon der Name des Freundes gibt ihm das Gefühl, auf einer wiedergefundenen Spur zu sein. Der Hornochs, der Halunke mit dem Sheriffstern. Langsam rührt Haller mit Helens Löffel in seinem schwarzen, ungesüßten Kaffee. Helen lächelt und trinkt, lächelt und trinkt abwechslungsweise.

Mein Vater hat von einem Mann erzählt, sein Name fällt mir nicht ein, dem von Zeit zu Zeit die Krampfadern platzten, dem das Blut aus den Schuhen rann, ohne dass er es merkte. Das geschah bei der Arbeit, in der Kofferfabrik, in der der Vater Abteilungsleiter war. Er erzählte jedes Mal von dem Mann, wenn die Sache mit den Adern wieder passiert war, und jedes Mal fügte er hinzu, der saure Most, von dem der Mann lebte, habe vermutlich eine stark betäubende Wirkung. Der Mann hat mich – Ich dachte oft an ihn, sagt Haller. Ich stellte mir vor, dass es ihn gab, dass er Tag und Nacht irgendwo sein Leben verbrachte. Ich hatte eine Art Liebe zu ihm.

Helen schnalzt mit der Zunge.

Haller wiederholt: eine Art Liebe. Da der Name des Mannes fehlt, kommt ihm die Geschichte ziemlich ausgeräumt vor.

Strack hatte, stellt Haller fest, ein Gedächtnis „wie ein Salatsieb", solange es nicht um Zahlen ging. Aber er machte sich nichts daraus. Wenn ihm einmal ein Name entfallen war, strich er ihn ganz von der Liste. Was er vergaß, erwies sich ja, gerade indem es aus dem Gedächtnis entwich, als unbrauchbar. Namen konnte er nicht behalten, Zahlen konnte er nicht vergessen. Er kannte die Belastungsgrenzen von Aufzügen, die Schadenssummen von Flugzeugabstürzen, die Jahreszahlen und Niederschlagsmengen bedeutender Unwetter im In- und Ausland. Er wusste, wie viel Meter Faden eine Spinne für ihr Netz produziert. Haller holt Luft.

Helen schnalzt mit der Zunge.

Es kam vor, dass Strack den Hosenschlitz zu schließen vergaß. Als Haller ihn einmal darauf hinwies, erklärte er: Es gibt zweierlei ältere Männer, solche, die den Hosenschlitz aus Zerstreutheit offen lassen, und andere, die es aus praktischen Gründen tun. Er gehöre zu der zweiten Sorte. Haller wollte Näheres über die praktischen Gründe wissen. Das Alter, antwortete Strack, bringt ein häufigeres Öffnen und Schließen des Hosenschlitzes mit sich, das gleichzeitig aber auch mühsamer wird. Die Finger eignen sich nicht mehr richtig für diese Tätigkeit, und geeignetere Finger sind nicht zu haben. Dann, zählte Strack weiter auf, gibt es außerdem jene dritte Sorte älterer Männer, die den Schlitz schon gar nicht mehr öffnet, und schließlich eine vierte, die keine Hose mehr braucht.

Helen netzt den Zeigefinger im Mund und hält ihn in die Luft, wie um eine Windrichtung zu erkunden. Sie tut es mehrmals. Sie schwenkt den Finger, damit in der Windstille der Cafeteria eine Zugluft entsteht.

Haller sagt: Ich habe den Faden verloren. Er sieht ein Stück Faden vor sich, dünn, kurz und rot, in schwarzer Umgebung. Dieser Faden kann nicht der verlorene sein, einen verlorenen sieht man nicht. Haller hat sich nachts einmal, als er wach lag, Abwesendes vorzustellen versucht: einen Mantel, den er in die Altkleidersammlung gegeben hatte, weil er den schmalen Schrank verstopfte, einen abhanden gekommenen Schirm, einen Überseekoffer, den sein Vater nach Übersee mitgenommen und nicht mehr zurückgebracht hatte.

Helen ist mit der Zunge über den Handrücken gefahren und schwenkt nun die ganze Hand, die im Schneelicht und vor der dunklen Tür zum Speisesaal matt aufscheint wie die Unterseite von Blättern, der Mehlbeere etwa, oder der Pappel.

Flüchtig denkt Haller sich eine Fortsetzung dieser

Helligkeit aus, unter den Ärmel, unter das Unterhemd, Helen in ihrer bloßen Haut.

Sie blinzelt. Es ist, als wollte sie ihn zum Vertrauten machen – in einer Sache, die sie jedoch nicht verrät.

Er möchte wieder reden, weiß aber nicht, worüber.

Helen schnalzt mit der Zunge.

Es hat geschneit, sagt Haller. Er schaut durch die Scheibe. Wirklichen Schnee geschneit. Das kannst du überprüfen: Erstens weiß, zweitens schön, drittens flockig, viertens kalt, fünftens nass –. Für die Nummern eins und zwei genügt ein Blick durch das Fenster. Die Nummer drei – Haller hat die Eigenschaften mit dem Zeigefinger der einen Hand an den Fingern der anderen aufgezählt. Und da sucht er sich jetzt wieder zu orientieren. Der Mittelfinger ist dran. Haller drückt ihn nach hinten, damit er hergibt, was er weiß. Eine Frau fällt ihm ein, eine Frauen- oder Mädchenhand, die beim kleinen Finger statt beim Daumen zu zählen anfing. Zu wem die Hand gehörte, hat er vergessen.

Wirklicher Schnee, sagt er. Du hast keinen Grund daran zu zweifeln, Helen, dass es wirklich geschneit hat.

Helen schüttelt den Kopf.

Dass es auch wirklicher Schnee ist.

Helen schüttelt den Kopf.

Und vor dem Schnee ein wirkliches Fenster. Und vor dem Fenster wirkliche Tische, Stühle und wirkliche alte Menschen.

Helen schüttelt weiter den Kopf, weich und ausdauernd. Haller denkt an den Kopf eines Kindes, das den Schlaf sucht. Er kennt dieses Schütteln und Rütteln genau und, wie ihm scheint, seit jeher. Es muss der Kopf seiner Tochter Elvi gewesen sein. Haller erinnert oder denkt sich dazu ein Kissen am Kopfende eines Kinderbettes, ein Halbdunkel über dem Ganzen. Durch einen Türspalt ragt aus dem Gang etwas Licht herein.

Helen hält ihren Kopf plötzlich still, um Haller anzuschauen. Ihr Gesicht ist wie ein Bildnis von ihr. Haller blickt weg und blickt wieder hin. Zu den Bildnissen gehört, dass sie weiter schauen, wenn der Betrachter sich schon anderen Dingen zugewandt hat, dass sie weiter schauen, wenn es im Zimmer dunkelt und Nacht wird. Helens Gesicht ist wie ein Schneelichtbildnis.

Nach langem Nachdenken, nach langer Gedankenlosigkeit, beides ist im Augenblick dasselbe, sagt Haller: Es gibt ein Schneeglück, das mit keinem anderen Glück zu vergleichen ist. Alles hat Lebkuchenform und ist wie früher. Die Kinder schreien wie Vögel, wie Möwen. Alles sieht aus, als sei es gut, wie es ist, und zum Bleiben gemacht. Es gibt, fährt Haller fort, es gibt auch ein Liebesglück, jedenfalls gibt es das Wort Liebesglück, das einem Mut macht, ein solches Glück zu finden. Es gibt die Glückwünsche, die Küsse, die Blumen. Haller denkt an den sechzigsten Geburtstag seiner Frau. Man wünschte ihr Glück, und sie rief: Ich habe es schon, legte ihre Hand auf seine, sah ihn mit ihren Augen an. Es wurde geklatscht und mit Blitzlicht fotografiert.

Steht auf, zeigt euch, ermunterte die Schwägerin. Haller erhob sich. Maja rutschte die Serviette von den Knien, und in der Aufregung stellte sie einen Schuh darauf. Haller, der sich gebückt hatte, zog an dem Tuch, bekam es aber nicht sofort frei. Die Gesellschaft wartete. Haller merkte, wie seine schwer gewordene Frau langsam, im Rückblick fast unendlich langsam, das Gleichgewicht verlor. Sie krachte neben ihm zu Boden, kam aber, sagt Haller, mit einem Blechschaden davon. Als wir sie auf ihren Stuhl gehoben hatten, lachte sie und winkte und schämte sich. Dann erst fing sie an zu weinen, wobei sie sich mit beiden Händen die schmutzig gewordene Serviette vor das Gesicht hielt.

Helen blinzelt. Sie hält zwei gestreckte Finger auf, Zeige- und Mittelfinger der linken Hand. Sie ist Linkshänderin.

Haller, noch nicht ganz zurückgekehrt von der Geburtstagsgeschichte, macht Faxen. Er versteht, was sie meint, und versteht es nicht. Später, sagt er. Später. Es geht nicht immer nach deinem Kopf, sagt er dann und weiß gleichzeitig, dass das falsch ist. Es geht immer nach ihrem Kopf, wenn sie etwas will. Aber sie will nicht immer etwas, sie will meistens nichts. Ihre beiden hellen Finger verharren in der Luft. Sie bezeichnen eine Schere: Haller ist aufgefordert, „Schere, Stein, Papier" zu spielen. Da er sich nicht weiter entziehen kann, rückt er seine Hand heraus. Er zeigt Schere, Helen auch. Dann spielt er Stein, die Faust, Helen Papier, die flache Hand. Haller bleibt bei Stein, Helen hat zu Schere gewechselt. Er bläst den Mund wie ein Trompetenspieler auf, sie blinzelt weiterhin.

Haller spricht nicht beim Spiel. Er seufzt dann und wann Ah! und lacht Aha!, mehr nicht. Er wirft seine Zeichen wie Trumpfkarten auf den Tisch. Von Helen kommt manchmal ein lang gezogenes Oh! – mit steigendem Ton, wenn sie gewinnt, mit fallendem, wenn sie verliert. Sie lächelt. Ihre Hände bleiben im Nahgebiet über ihren Knien.

Eine Pensionärin, Haller kennt ihren Namen nicht, läuft schwer beladen drüben auf dem Gang. Wie immer trägt sie Plastiktüten links und rechts, die sie mit gewinkelten Armen und gebuckelten Schultern knapp über dem Boden neben sich herführt.

Helen stupft Haller mit zwei Scherenfingern an. Schere!, sagt sie und lächelt. Und im Weiterspielen bleibt sie dabei: Schere, Schere, Schere. Sie lässt sich von Hallers Stein nicht beirren. Ihr Lächeln ist dauerhaft, als wäre es ein Teil des Gesichts. Das Blinzeln hat aufgehört. Es ist übergesprungen auf Hallers Augen, ist dort aber nicht recht zuhause. Es irrlichtert ihm auch um Nase und Mund.

Papier, sagt Helen plötzlich und macht dazu eine Faust.

Haller hält den Atem an. Er weiß nicht, was er nun soll, versucht zu lachen, dann nachzudenken. Er runzelt die Stirn, aber weiter kommt er nicht.

Helen hält sich zwei Scherenfinger wie einen Revolverlauf an die Stirn. Fertig, sagt sie. Das Lächeln ist weg. Fertig, fertig. Haller legt eine steife, ein wenig zitternde Hand, sozusagen immer noch das Zeichen Papier, auf ihr Knie. Das beruhigt sie und beruhigt ihn auch.

Auf dem Gang läuft wieder die Frau, die namenlose mit den Plastiktüten, diesmal in umgekehrter Richtung. Solange es irgendwie vorwärts geht, denkt Haller, haben die Alten es eilig. Sie könnten etwas verpassen, das Abendessen, die Fußpflege, den Zahnarzttermin. Tatsächlich erreicht man vieles nur noch mit knapper Not und wie ausnahmsweise. Man wundert sich, dass es einem gelingt, den Telefonhörer abzuheben, bevor der Telefonierende wieder aufgehängt hat. Man wundert sich, denkt Haller und dann sagt er es auch: Man wundert sich, dass es überhaupt jemandem gelingt, eine Telefonnummer richtig zu wählen, einen Knoten im Schuhband zu lösen, eine Batterie auszuwechseln. Man weiß im Voraus, man spürt im Voraus, sagt er und spürt es auch schon, wie es sein wird, wenn die Zahnbürste sich eines Morgens im Mund nicht mehr auskennt. Sie fährt hinein, als wär's der Mund von gestern, vorgestern, doch es ist ein anderer, ein engerer, fast der eines Kindes mit unzähligen kleinen Zähnen. Dieser engere Mund ist stumm.

Haller nimmt die Hand von Helens Knie und legt sie neben seine andere, kühlere auf den Tisch zurück. Er betrachtet seine Hände, die er nun breit aufstützt, damit das fahrige Fleisch vom ruhigen Holz etwas lernen kann.

Was für ein Anblick, Helen, sagt er. Ein trauriger. Das Gleiche gilt für andere Körperteile. Es gilt zum Beispiel für den grauen Bauch. Was sich unter dem Bauch versteckt, immer besser versteckt, ist nicht mehr der Rede wert, wäre es aber gern. Doch was, bitte, wäre davon zu reden. Und wer wollte zuhören, wenn von Scheu und Scham geredet würde, auch von Übermut. Von einer Art wilder Hoffnung. Haller lässt den Mund offen stehn. Ja, sagt er, und klappt den Mund zu. Dann rückt er seinen Hintern in die Mitte des Stuhls, atmet lange aus und richtet sich auf ein längeres Schweigen ein.

Die beiden Alten sind jetzt wie Pflanzen dem Fenster zugewandt, dem Schnee mit seinem ausgebreiteten Leuchten.

Zwischendurch kommt ohne Hallers Zutun die auf seinem Schenkel liegende Hand ins Klopfen, sie klopft dreimal kurz und bricht ab für eine ebenfalls kurze oder für eine längere Pause, klopft wieder dreimal und so fort, wie eine Uhr, die nur das Ausgedehnte der Zeit anzeigt und ihre Gleichgültigkeit.

Die Männer wollen immer nur das eine, Helen. Vögeln wollen sie, und sie würden immer weiter vögeln wollen, auch im Alter noch. Haller wiederholt das Wort, um seinen Mund dafür einzurichten. Damals hat man es gemacht, ohne es gleich so zu nennen. Heute nennt man es so: Vögeln. Haller hält inne, als hätte er eine Pointe erreicht.

Helen, angeregt durch Hallers Grinsen, rümpft ein wenig das Gesicht.

Ich wollte vögeln, fährt Haller fort, aber sie war zu müde dazu. Oder man wusste nicht, ob das Kind schon schlief. Manchmal, nicht immer. Ich spreche von meiner Frau, und von den Abenden, werktags. Haller holt Luft für den Satz: Maja ist ein Name, den ich nie vergessen werde.

Ich kam nach Hause und erkundigte mich nach ihrer Müdigkeit. Sie hasste, glaube ich, meine Frage. Im Augenblick wusste sie dann nicht, ob sie müde war und was sie antworten sollte. Oder sie wusste nicht, wie sie es mir sagen konnte, falls sie herausfand, dass sie tatsächlich müde war. Meistens sagte sie: Ziemlich, ja, oder: Es geht. Einmal sagte sie: Nein, im Gegenteil. Und so war es dann auch. Ein andermal sagte sie: Müde bin ich zwar nicht, aber nicht aufgelegt. Und so war es dann auch. Einmal im Monat hatte sie ihre Tage und einmal im Monat ihre fruchtbaren Tage, die sie „die gefährlichen" nannte. Sie fühlte sich dann nur sicher, wenn jeder in seinem eigenen Bett blieb. Diskussionen führten zu nichts, außer zu schlechter Laune. Ich ging mit dem Hund hinaus, den wir zu dieser Zeit hatten. Elviras Hund, eine Art Spaniel. Es war ein Wunsch des Kindes gewesen, sein wedelnder, winselnder Hundewunsch. Wenn ich mit ihm aus dem Regen in die Wohnung zurückkam, roch er wie ein anderes Tier, ein wildes, eins aus dem Zoo.

Helen beobachtet einen Mann, einen langen, geraden, erst oben im Nacken gekrümmten Menschen. Unschlüssig offenbar, wohin er sich setzen soll, lässt er den Blick über die vielen freien Tische gehen, prüft und vergleicht sie.

Was Maja dazu sagen würde, zu all dem. Ich weiß es nicht, sagt Haller. Die vergangenen Dinge waren in ihrem Kopf aufbewahrt wie in einem Einmachglas.

Der unschlüssige lange Mann ist ein Neuer mit bekümmertem Blick, ein Auslandschweizer aus Kanada, der alles Hiesige mit dem Kanadischen vergleicht: das Bier, die Regelung des Straßenverkehrs, die Größe der Seen, die Zahl der frei lebenden Bären. Er heißt Hausammann oder Häusermann und hat sich inzwischen gesetzt, halbwegs gesetzt; er hat sich für seinen Platz, das sieht man, noch nicht entschieden. Am liebsten wäre ihm vermutlich, er bekäme einen Stuhl zugewiesen wie im Speisesaal, wo er an Hallers Tisch sitzt. Jetzt nickt er herüber. Haller nickt zurück. Helen hat sich von Hausammann oder Häusermann abgewandt, ist unterwegs ins Eigene, das, so scheint es, nur noch locker zu ihr gehört.

Die Frau, mit der Strack zwei Jahre verheiratet gewesen war, kam aus Neuseeland. Nach der Scheidung ist sie sofort dahin zurückgekehrt. Enttäuscht, sagt Haller, vom Schweizer und von der Schweiz. Ich denke manchmal, ich hätte das wieder gutmachen können bei ihr.

Haller wischt sich die Mundwinkel. Die Bewegung führt ihn zur Unterlippe, die er zu kneten anfängt. Strack hat die Neuseeländerin nicht vergessen. Wenn er von ihr sprach, selten und wenig, nannte er sie „die Frau". Er erlaubte mir einen Blick, einen einzigen, in sein Fotoalbum, während er den Whisky und zwei geschliffene Gläser aus dem Eichenschrank holte. Um Platz zu machen für das Getränk, schloss er das Album wieder und schob es beiseite. Aber ich hatte das Bild, habe es immer noch. Haller schließt die Augen, um nachzusehen in seinem Kopf. Unter den geschlossenen Lidern hervor sagt er: Das Bild ist noch da, aber niemand ist mehr darauf, anscheinend, oder da ist eine, von der man zwar weiß, es ist die Neuseeländerin, man kann sie aber nicht mehr erkennen. Sie ist verblichen, ist fast so bleich wie der Himmel, vor dem sie steht. Das wäre ja womöglich ein Verlust, meint man. Aber im Grunde atmet man auf. Haller atmet laut. Es ist leichter, sagt er, seine Siebensachen zusammenzuhalten, wenn's nur noch sechs sind.

Strack war nie in Übersee, sagt Haller. Strack hat zeit seines Lebens kein Flugzeug bestiegen. Aber er wusste über die Fluggesellschaften Bescheid, ihre technischen Sicherheitsdienste, die Ausbildung ihrer Piloten, ihren Service an Bord. Erzählte jemand von einem Flug mit der Air New Zealand, dann gratulierte er: Glück gehabt. Bei dieser Gesellschaft war nach seiner Meinung nämlich nur das Bodenpersonal kompetent. Er empfahl die PANAM. Ihre Flotte sei zwar überaltert, eine gute Wartung aber gleiche solche Materialmängel aus.

Haller lacht ein wenig. Strack hat geglaubt, die Überseekoffer kämen aus Übersee. Das hab ich ihm dann richtig gestellt: Die Überseekoffer *kommen* nicht aus Übersee, sie *gehen* nach Übersee, sie sind dafür gemacht, uns dahin zu begleiten. Uns?, hat Strack gefragt. Mich nicht! Er schüttelte den Schädel. Dann wären Südfrüchte ja dafür gemacht, nach Süden verschickt zu werden! Wenn man Strack etwas beibringen wollte, schüttelte er den Schädel. Das Schütteln hat in seinem Denken nie etwas zurechtgerückt. Der Schädel ist eben kein Dings – Haller schaut sich nach dem fehlenden Wort um.

Helen döst. Vom Wintergarten her, aus der Voliere, kommt ein einzelner überseeischer Vogelruf. Wie ein Aufruf.

Kaleidoskop, sagt Haller. Das Wort ist unversehrt zurück, frischer sogar als je, bereit zum Gebrauch: Der

Schädel ist eben kein Kaleidoskop. Sonst müsste man ihn bloß schütteln und schon entstände eine neue Ordnung, genauso schön, genauso gut wie die alte, die man sofort und für immer vergessen würde.

Hausammann oder Häusermann ist aufgestanden, hat den Stuhl unter den Tisch gerückt und steht, ein „langes Elend", die Hand noch immer auf der Lehne, halb weggedreht da.

Strack also schüttelte den Schädel. Solange Haller redet, bleiben seine Gedanken einigermaßen in der Kolonne. Strack schüttelte den Schädel so vollständig, dass das linke und das rechte Ohr abwechslungsweise verschwanden und wieder zum Vorschein kamen. Haller macht die Bewegung vor, bis Helens Augen ihr folgen.

Wie Strack es mit den Überseedampfern hielt, weiß ich nicht. Eine Reise nach Neuseeland dauerte fünf Wochen. Haller macht eine Pause, damit die fünf Wochen sich ein wenig strecken können.

Mein Vater war, wie gesagt, Abteilungsleiter in einer Koffer – und Überseekofferfabrik. Und er hatte es sich in den Kopf gesetzt, nach Übersee zu reisen. Und was er sich in den Kopf gesetzt hatte, das führte er durch. Irgendwann. Er muss sich die Reise lange ausgemalt haben, bevor er sie unternahm. Und ebenso lange vorher hat die Mutter sich das leere Bett ausgemalt, das er zurücklassen würde, den leeren Lehnstuhl.

Wir wussten Bescheid, die Mutter, der Bruder und ich, obwohl von einer Reise nie die Rede war. Im Gegenteil. Der Vater hat sogar die Namen der betreffenden Länder strikt vermieden. Ohne Übertreibung. Das Wort Amerika war an unserem Tisch nie zu hören. In Vaters Gegenwart hätten auch wir anderen drei ein solches Wort nicht in den Mund genommen. Der Vater lernte Englisch oder nahm sich vor, es zu lernen. In seiner Kitteltasche trug er immer ein schmales, dunkelrotes englisches Wörterbuch. Als er eines Abends mit einem Überseekoffer von der Arbeit kam – neu, nur eine Ecke war ein wenig angestoßen –, da wussten wir: Jetzt ist es so weit. Die Mutter sagte, das heißt, sie versuchte zu sagen, aber sie schrie: Was willst du mit diesem Kindersarg!

Nach drei Jahren kam der Vater zurück. Mit einer Freundin, die aber, wie die Mutter erklärte, keine „richtige" Freundin war, und einer Gelbsucht. Den Koffer hatte er in Übersee zurückgelassen. Die Freundin fand bei Tante Olga, Vaters Schwester, eine Unterkunft. Ich mochte die Frau, obwohl sie „wie eine Krähe" aussah. Sie sprach wenig, aber englisch. Olga, die zwei Jahre in England gewesen war, machte mit ihr eine Art Konversation. Dazu tranken sie, glaube ich, Tee.

Haller hat seinen Kaffee kalt werden lassen. Er wird ihn zurückbringen, ungetrunken, und wird damit etwas für seine Gesundheit tun. Würde er ihn kalt trinken, täte er etwas für seine Schönheit. Kalter Kaffee macht schön, sagte Hallers Mutter, wenn sie den Tisch abräumte und sich im Stehen noch einen hinterlassenen Rest Kaffee in den Mund goss. Der Junge wartete darauf, dass sie nun schöner werden würde. Erste Anzeichen einer großen Schönheit glaubte er schon zu entdecken, doch bei den Anzeichen blieb es dann. Sie schienen allerdings so vielversprechend, dass es unerklärlich war, warum die Mutter sich mit gelegentlichen Schlucken begnügte.

Das Licht ist leichter geworden. Es reicht weiter in den Raum herein. Hallers Gesicht benötigt ein Fenster, dem es sich zuwenden kann, das ihm eine Richtung gibt. Die Leiter des Fensterreinigers steht immer noch da, der Fensterreiniger fehlt. Haller weiß seinen Namen nicht mehr, hat ihn vergessen oder, wahrscheinlicher, gar nie gewusst. Darin liegt ein Trost, den er sich erst gönnen kann, wenn die Sache geklärt ist: vergessen oder nie gewusst.

Um sich das Nachdenken über diese Frage zu erleichtern, beugt Haller sich vor, blickt er, die Ellbogen auf den Knien, auf seine Schuhe hinab, die er, obwohl sie ihn drücken, seine freundlichen Schuhe nennt. Wenn er sie nicht anhat, warten sie neben der Tür, bis die Zeit zum Ausgehen wieder gekommen ist. Sie gehören, hat Haller sich überlegt, unter allen nahen Gegenständen zu den wenigen nach außen gerichteten. Sie sind die einzigen mit Zuversicht. Unbequem, aber guten Muts.

Im Schuhladen hatte er sich rasch für sie entschieden. Die Schuhe schauten ihn an. Die Verkäuferin versprach, sie würden sich an seine Füße gewöhnen. Das Umgekehrte trat ein: Seine Füße gewöhnten sich an die Schuhe, an den unnachgiebigen Druck einer vorstehenden Naht. Der Schmerz gehört seither zum Gehen wie der Stock und der Weg. Wenn Haller sich die empfohlenen luftkissengefederten Turnschuhe anschaffen würde, käme er sich im Moment noch als Verräter und Versager vor.

Haller hat die Frage, über die er nachdenken wollte, aus den Augen verloren. Geblieben ist das Gefühl von etwas Hängigem. Wenn er sich diesem Gefühl überlässt, wird ihm ein bisschen schlecht wie auf einer Schaukel. Wenn er sich ihm nicht überlässt, merkt er, dass es Zeit ist, die Blase, die er schon länger spürt, zu entleeren.

Auf den Tisch gestützt, richtet er sich auf. Helen merkt, was er vorhat. Sie schaut ihm zu, seinen ersten steifen Schritten, dann den weiteren, müheloseren, schon etwas wippenden. Zwar hinkt er immer noch, aber nun sieht es aus, als täte er es aus bloßer Laune.

Dann steht er im Pissoir. Seine Hand zittert nicht.

Vergessen oder nie gewusst, das war die Frage gewesen. Verloren, verlernt, verlegt, verpasst.

Vor Jahren hatte Haller sich vorgenommen, die Namen aller Wasservögel zu lernen, die auf den Schautafeln am Quai abgebildet sind. Stockente, Kolbenente, Tafelente, Löffelente, Reiherente und so weiter, aber nicht beliebig weiter, sondern gegliedert nach Schwimm- und Tauchenten, die verschieden im Wasser liegen, sich verschieden ernähren, verschieden zum Flug ansetzen. Das kleine braune Tier, das er diesen Morgen zwischen den verschneiten Ufersteinen schaukeln sah, war weder eine Stockente noch eine Reiherente, noch eine Tafelente, sondern eine vierte oder, je nach Reihenfolge, eine fünfte, sechste Sorte, die nicht auf den Schautafeln war und die er nun, wenn's schief ging, nicht mehr kennenlernen würde. Mehrmals hatte er sie angetroffen, mit stechendem Herzen, diese braune Sorte. Sie kam ihm überaus wirklich und wichtig vor, und ein Leben ohne sie unwirklich und unwichtig. Das Feld des Niegewussten dehnte sich aus wie unter einem Polarlicht.

Nach diesem Morgenspaziergang hatte auch das Nächste etwas Abgelegenes gehabt. Sogar seine Schuhe. Das Gelände seines ungemachten Bettes glich dem Landschaftsentwurf für eine Modelleisenbahn. Haller konnte sich nicht mehr vorstellen, dass er, dass irgendeiner je darin geschlafen hatte.

Was man vergisst, nimmt keinen Abschied. Menschen verschwinden, man merkt nicht, dass sie gehen, man merkt nicht, dass sie fehlen. Das beunruhigt. An einer Klassenzusammenkunft hat Haller kürzlich ein paar dieser vergessenen Menschen wiedergefunden. Sie nannten ihm ihren Namen, der nicht so sehr aus der Ferne kam, wie man hätte annehmen können, sondern von ziemlich nahe, von nebenan, hinter einer dünnen Wand hervor.

Man bewohnt ein Haus, sagt Haller zu sich selbst, in dem man sich nicht auskennt. Ein gelungener Gedanke: Haller nickt ihm zu. Man bewohnt ein Haus, in dem das Licht sich mit den Jahren verdüstert. Die Gänge verbiegen sich, die Treppen werden steiler, Zimmer entstehen, wo vorher Abstellräume oder Gänge waren oder der Innenhof. Die neuen Zimmer sind vielleicht nicht einmal neu, sind vielleicht nur unbeachtet gebliebene alte. Daneben gibt es andere Zimmer, viele, vermutlich ganze Zimmerfluchten, die verschwinden. Im Gefühl des grenzenlosen Verlustes überschätzt man das Haus, seine ehemalige Weitläufigkeit. Als wäre der tatsächliche Umbau und Abbau nicht hart genug.

An der Klassenzusammenkunft war eine Frau gewesen, Erika, die sich nicht an ihn erinnern konnte, der auch weder Hans noch Haller etwas sagten. Haller wusste nicht, ob er es betrüblich oder bloß befremdend oder sogar befreiend fand, so vollständig vergessen zu werden.

Scheißdreck, ruft Helen laut. Das Wort füllt gleich die ganze Cafeteria aus. Haller holt erschrocken Luft, um zu lachen. Er hat keine Ahnung, was in ihrem Kopf passiert. Helen hat Ideen, die sie stechen wie Hexenschüsse. Haller fragt sich, ob er etwas unternehmen soll. Wenn er sie anfasst, wird sie ruhig, wenn er sie nicht anfasst, vermutlich auch. Er beugt sich über den Tisch vor: Ich will dir mal was sagen, Helen Roux. Nach dieser Ankündigung gerät er in eine Lücke. Dann fährt er fort: Wir können uns nicht beklagen. Wir haben alles, was wir brauchen, Helen. Und außerdem ein hochwertiges Personal. Wir haben Glück gehabt. Wir haben es immer noch. Wir sind unansehnlich, das schon, und ungeschickt und ungeduldig, aber gut untergebracht.

Die Frau am Buffet schaut hinter der Kaffeemaschine hervor. Haller winkt beschwichtigend. Helen, die zu erwachen scheint, winkt auch ein wenig.

Wir haben eine Cafeteria, eine Leihbibliothek, eine Wäscherei, eine Apotheke im Haus, sagt Haller. Wir haben die Busstation vor der Tür. Wir haben die Rente der Altersversicherung. Wir haben eine Vergünstigung bei der Bundesbahn, bei der Straßenbahn, im Kino. Wir haben Veranstaltungen für die Gesundheit und für das Wohlbefinden, Turnen und Malen und Singen, Vorträge, Andachten. Wir haben ein Gedächtnistraining.

Haller überprüft von Zeit zu Zeit, ob ihm der Name seiner Frau noch geläufig ist. Bisher hat er ihn nie suchen müssen. Und doch geht Haller davon aus, er könnte ihren Namen vergessen und am Ende auch sie selbst. Spielend, denkt er manchmal, könnte er das. Er wüsste zwar noch, dass er verheiratet war, würde sich aber nicht mehr fragen, mit wem. Wenn Maja ihm einfällt, ist es manchmal, als hätte sie es gerade noch einmal geschafft, in sein Gedächtnis zu kommen, als müsste sie gleich wieder zurück in die Vergessenheit, in der sie nun zuhause sei wie in einem von frischem Bettzeug umgebenen Schlaf. Als sei sie zu müde für diese Welt. Solange er von ihr erzählt, hofft er, bleibt sie noch. Haller kann aber auch ohne Hoffnung erzählen: einfach weitererzählen, weil er einmal begonnen hat.

Zum Anfang ist zu sagen, dass er eigentlich ein Anfänglein war, fast nicht der Rede wert. Und dann lebte man über fünfzig Jahre zusammen. Man ahnte am Anfang ja nicht, dass man an einem Anfang stand. Man dachte nicht im Traum an eine Bekanntschaft. Es gab ja auch beim einen wie beim anderen wenig Bemerkenswertes. Maja sah aus, wie ein Bürofräulein halt auszusehen hatte. Sie trug einen großen Hut mit einer Masche darauf. Ihre Haare waren gegen hinten zu gekräuselt und gelockt. Ihre Bluse wölbte sich vor. Das Leben unter dem zartgelben Stoff gehörte nicht zum Betriebsausflug, auf dem sie sich befanden, zur Schifffahrt, zum Vierwaldstättersee im Herbst.

Haller hielt sich auf jener Fahrt ganz an Majas Gesicht, an das Vorhandene. An ihren feiertäglichen Duft. Sie kamen am Bürgenstock vorbei, durch den steil ins Wasser fallenden Schatten des Berges, der die Ausflügler bleich werden ließ. Haller erinnert sich, dass er dabei, es war ein Jahr vor dem Krieg, an Flüchtlinge dachte.

Ihre Augen, sagt Haller, waren bemerkenswert. Er schaut an eine Stelle der Wand in Helens Rücken, an der die Vergangenheit für eine Weile zugänglich ist, die Feierabende, an denen sie sich sahen, eine Platanenallee, die Sihl, der Zürcher Hauptbahnhof. Maja wohnte zehn Kilometer entfernt, in Birmensdorf. Er fing an, sie zum Zug zu begleiten. Sie fing an, seine Begleitung zu mögen. Sie redeten wenig. Ihre Lippen waren steif vor Freundlichkeit, und alles, was sie sich mit diesen Lippen sagten, kam komisch heraus. Komisch wollten sie aber nicht sein. Lieber alles andere. Lieber kraftvoll und wortkarg. Was Maja vorschwebte, hat Haller nicht erfahren. Etwas zwischen unauffällig und sehenswert, und näher bei sehenswert, muss es gewesen sein.

Schon nach ein paar Wochen hatten sie ein vollständiges und wechselseitiges Verständnis füreinander, obwohl es noch kaum etwas zu verstehen gab, obwohl es noch kaum etwas gab außer einem Kuss dann und wann, den Maja nie lang werden ließ. Was Haller anzog, war, vermutet er, das Ungewohnte, die andere menschliche Einrichtung, die weibliche. Ihre Augen zogen ihn an. Wenn er jetzt nach ihren Augen sucht, sieht er immer sofort das Fotogesicht im braunen Rähmchen, das neben der Schreibunterlage auf dem Tisch in seinem Zimmer steht. Dieses Gesicht lacht ihm zu, herzlich, wie einem Wohngenossen, von dem man alles schon weiß, was man von ihm wissen muss. Haller sagt: Wir lernten einander kennen. Er denkt an Majas Haut, die Innenseite ihres bloßen Arms, an ihre Hand, die etwas in Ordnung bringt, am Kleid zupft, am Haar drückt, und er fragt sich, was er noch über sie sagen kann. Im Moment ist sie weg, ist sie über den Bildrand hinaus ins Unabsehbare. Haller holt Atem und seufzt und sucht sich einen Rest zu sichern: Wir lernten einander kennen, sagt er.

Alles scheint nun weggerückt in ein fremdes Feld. Haller hört noch genau, wie der Verschluss ihrer Handtasche klickte, wenn sie beinahe leer war. Nämlich wie die Verschlüsse anderer Taschen anderer Frauen, die nicht mehr enthielten als einen Kamm und ein Portemonnaie. Majas Hände über dem Taschenbügel sind abwechslungsweise die einer alten Frau und die eines Bürofräuleins. Dazu fällt ihm etwas Tröstliches ein, das ihn aber auf halbem Wege wieder verlässt: Das Unbekannte ist am Ende nichts anderes als – Ja, was denn?

Haller ist verstummt. Er hat den Kopf der hellen Fensterfläche zugedreht. Neben dem Fenster sitzt, wie immer um diese Tageszeit, die Frau mit dem Plüschhund, die Bernasconi heißt. Vorname: Teresa. Das weiße, zottige Tierding reicht ihr bis unter das Kinn. Frau Bernasconi strömt den Geruch aus, der den Tod ankündigt. Und ihr Hund riecht mit. Mehrere Gerüche sind es, mehrere Düfte, darunter einige luftig und leicht wie Bläulinge an einem jauchefeuchten Feldweg. Kranke riechen ganz anders, nach Krankheit und nach Medizin.

Haller ist plötzlich sehr müde. Stillgestellt und schief sitzt er da, und so bleibt er, bis Helens Stimme ihn zurechtrückt: Willst du? Er erschrickt über die Frage, dann über den Apfel, den sie ihm reicht, der so warm ist, als hätte sie ihn dicht am Körper verwahrt. Einen zweiten Apfel hat sie vor ihrem Gesicht. Sie schabt mit den Zähnen daran.

Wenn Strack einen Apfel aß und dabei die Kraft seiner neu angepassten Zahnprothese genoss, spürte Haller einen Widerwillen, der sich zuerst ganz auf Strack bezog, sich dann aber auf die Menschen überhaupt ausbreitete. Die Kaugeräusche von Tieren, von Kühen unter Obstbäumen im Herbst zum Beispiel, machten ihm Vergnügen. Haller dachte beharrlich über solche Dinge nach. Wie kommt es, dass man die eigenen Geräusche überhört? Antwort: Man hat sich an sie und an sich selber gewöhnt. Haller hielt es für möglich, dass es Menschen gibt, denen das nie ganz gelingt, die mit sich herumgehen wie mit einem schwierigen Bruder, der klüger ist, als er aussieht.

Haller hat den körperwarmen Apfel mit dem Taschenmesser in schmale Schnitze zerteilt. Er hat die Schnitze vor sich aufgereiht und isst nun einen nach dem andern. Während er den einen kaut, greift er schon nach dem nächsten, um ihn auf halber Höhe zwischen Tisch und Mund bereitzuhalten.

Helen schabt und schabt und saugt. Zwischendurch hält sie inne. Die Augen bleiben aber beweglich wie die einer Maus.

Die Männer, heißt es, verstehen die Frauen nicht. Weil sie anders sind, sagt Haller. Er denkt an eine Sendung, die gestern lief, als er mit Helen vor dem Fernseher saß. Immer hat er sich an das gehalten, sagt er, was er von den Frauen verstand. Wenn er mehr verstehen wollte, kam nicht mehr dabei heraus. Er fragte: Was ist denn los? Maja sagte: Was soll los sein? Oder einfach: Nichts. Sie machte ein Gesicht, dass er gezwungen war zu fragen, und wenn er dann fragte, kam keine richtige Antwort. Oder sie erzählte etwas daher, über die Kleine, die Elvi, über ihre Lehrerin, irgendetwas Umständliches, das keine Antwort ergab. Und die Sache war danach vergessen oder in Ordnung. Haller wischt sich die Mundwinkel.

Helen macht es ihm nach.

Elvira, sagt Haller. Er sieht, wie Helen sich die Mundwinkel wischt, und verliert den Faden. Für einen Moment ist ihm, als hätte er mehrere, hätte er alle Fäden verloren. Der Name Elvira, sagt er schließlich, ist leicht zu behalten, leicht zu vergessen. Maja hat ihn ausgesucht. Ihr Gedächtnis war – wie sagt man? Aus hunderten von Namen ausgerechnet Elvira.

Ich habe sie Elvi genannt, immer schon, seit ihrer Geburt. Sie kam zusammen mit Donner und Blitz, einem Wolkenbruch, damals, an einem soundsovielten August. Vergangenen Sonntag hätte sie gern einen kurzen Besuch gemacht. Lange Besuche macht sie ohnehin nie. Etwas Unvorgesehenes ist dann aber dazwischengekommen. Haller wiederholt: etwas Unvorhergesehenes. Er prüft das komplizierte Wort Silbe für Silbe und wundert sich, dass am Ende etwas Verständliches, Selbstverständliches herauskommt.

Er sieht seine Tochter vor sich, eine robuste, rasche Frau, die für ihn erst seit dem Fest zu ihrem fünfzigsten Geburtstag eine Frau im besten Alter geworden ist. Die beiden Enkelinnen sind vor Jahren beim Alter 18 und 20 stehen geblieben. Als er sie das letzte Mal sah, wusste er nur den Namen der Älteren noch, Mirjam, und war sicher, dass es nicht der Name der Jüngeren war. Hallers Kopf, der in Sprüngen zählt, braucht einen Anlass, Mirjams bevorstehende Hochzeit, um auch hier die Jahresuhr nachzustellen.

Als Mirjam ein Kind war, hatte sie sich zuweilen überraschend an Hallers Knie angelehnt, mit dem kleinen Rücken, dem kleinen Hintern, und hatte in dieser Stellung verfolgt, was um sie geschah. Wenn nichts los war, fing sie an zu reden. Sie erklärte, wie man ein Feuer macht, wie man mit Zündhölzern umgeht, dass die Milch überläuft, wenn man nicht Acht gibt, dass ungewaschenes Obst ungesund, gewaschenes dagegen gesund ist. Solche Gebrauchsanweisungen für das Leben begleitete sie mit beschwörenden Bewegungen ihrer runden Hände und gestreckten Zeigefinger, die etwas Tagträumerisches entstehen ließen. Einmal, nach einer ungewöhnlich langen Stille, erklärte sie: Man lebt dreimal. Dann ist es fertig.

Ich lebe zum letzten Mal, sagte Haller. Und du?

Mirjam runzelte die Stirn wie jemand, der Nachdenklichkeit mimt oder ausprobiert. Sie sagte: Ich nicht.

Helen wischt sich die Mundwinkel, zwei Fingerkuppen am halb offenen Mund. Haller tut es unwillkürlich auch. Wie gesagt, sagt er und weiß auch gleich wieder, wo er geblieben ist. Sie lernten einander kennen, Maja Sturzenegger und er. Etwas Regelmäßiges hatte sich zwischen ihnen ergeben. Sie trafen sich, sie redeten auf einmal viel, denn sie wollten einander alles sagen. Bevor sie sich mit ernsten Mündern küssten, entfernte Maja den roten Belag von den Lippen. Die Küsse wurden länger und beschwerlicher. Jeder prüfte, ob seine Worte, seine Gefühle, seine Handlungen dem Anlass entsprachen, der ihm einmalig erschien, ob sie schön und richtig waren. Zu den Worten gehörten ihre Vornamen, nur die Namen ohne etwas dazu. Zu den Gefühlen gehörte ein Wechsel von Enge und Weite, auch eine zähe Verlegenheit. Zu den Handlungen gehörte ein Aus- und Aufatmen, ein Streicheln von Hallers Zeigefinger Majas Nase entlang, dem ein Lächeln auf beiden Gesichtern folgte. Haller holt Luft. Alles war ein bisschen wie in einem Film, den aber niemand sich hätte anschauen wollen.

Was ihn dann mehr und mehr beschäftigte, war das Leben unter der Bluse, unter einer von drei, vier Blusen, die er nun kannte, die Person unter dem blauen Rock mit den weißen Streifen, unter dem Unterrock, den er nicht kannte. Er zupfte an einem schmalen Träger. Sie erschwerte es ihm, indem sie die Schulter hob. Seine Hand fand eine Lücke zwischen Stoff und Haut. Wenn du gestattest, sagte er frech und geniert. Sie war überrumpelt und lachte. Zur Frage, ob gestattet oder nicht, gehörten Kleider, der Rock unter dem Wintermantel, der Reißverschluss hinten im Kreuz, die Wäsche, auf der sie saß, mit halbem Hintern, auf einer Parkbank, bei Nacht. Maja nahm an, er wisse schon ungefähr, wie weit er gehen dürfe. Doch das wusste er, wie sich zeigte, nicht.

Sie war blond, sagt Haller. Nein, nicht blond, dunkelblond. Und einsachtundsechzig. Ihre Augen waren, wie gesagt – Haller versucht sich zu besinnen, ob er tatsächlich schon gesagt hat, oder ob er nur gedacht hat, wie ihre Augen waren. Beides ist möglich, ist möglicherweise richtig, weder das eine noch das andere fühlt sich ganz falsch an. Haller wird nie herausfinden, was richtig ist.

Ihre Augen waren grünlich blau. Das sagt er jetzt zum ersten Mal. Und er würde am liebsten traurig werden. Das Foto der Sechzigjährigen, das oben auf seinem Tisch steht, lacht ihm zu oder lacht ihn an: Seine Frau lacht immer noch, er aber nicht mehr. Dass ihr Gesicht und seines nun in verschiedenen Zeiten leben, die immer verschiedener werden, ist ein großes Unglück. Als hätte einer von beiden aus Versehen den falschen Zug erwischt, der nun nirgends mehr anhält.

Ein Vertrauen war da, fährt Haller fort. Maja ließ ihn merken, dass sie sich etwas von ihm versprach. Und er begann zu glauben, dass sie sich in ihm nicht täuschen würde. Es war – er überlegt – etwas Versprechendes in der Luft. Haller atmet tief. Er lehnt sich zurück.

Die Luft in der Cafeteria ist wie in einem Gewächshaus. Viele Pensionäre ertragen es nicht, wenn gelüftet wird. Sie schimpfen oder gehen sofort zum Husten über.

Ich hatte es mir schwierig vorgestellt, sagt Haller, aus so vielen Frauen dann eine, und dazu die richtige, auszusuchen. An einem Sonntag waren wir bei ihrer Mutter eingeladen. Ich wurde gefüttert wie ein Sohn. Und die Heiratsfrage – ich wartete auf einen günstigen Augenblick. Doch der kam nicht, das heißt, ich verpasste ihn. Um es nicht länger hinauszuschieben, fragte ich eines Abends, zwei Minuten bevor ihr Zug abfuhr, ob ich sie heiraten solle. Sie sagte: Ja. So wenigstens, ungefähr so, hat Maja die Geschichte später erzählt. Als sie aus dem Fenster des fahrenden Zuges winkte, weinte sie, glaube ich, ein wenig.

Haller schnäuzt sich in das bereits hervorgeholte Taschentuch. Gefasst auf eine größere Rührung, die dann aber ausbleibt, behält er das Tuch in der Hand. Nun, sagt er, indem er es schließlich versorgt, alles in allem ist es besser mit einer Frau zu leben als ohne.

Davon hat er auch Strack, dem die Ehe nach einem kurzen ersten Versuch für immer verleidet war, überzeugen wollen. Er hat die Vorteile aufgezählt, die eine Frau mit sich bringt: Sie legt sich nicht nur zu dir ins Bett, setzt sich nicht nur neben dich ins Kino oder an den Tisch und fragt, wie's schmeckt, oder drückt dir die Daumen, damit du die neue Stelle beim Radio, für die du dich beworben hast, bekommst, oder begleitet dich abends zu Freunden, zieht sich schön an, etwas aus einer Schublade, etwas von einem Bügel, Stück für Stück, bis sie fertig bekleidet dasteht, oder sie geht zum Coiffeur ...

Strack ließ Haller reden. Er stand bei seinem gepflegten Aquarium, streute den Fischen Futter. Sein Gesicht war entstellt vom Licht der starken Leuchte, die dem Glaskasten etwas von einem Theater gab.

Haller schwieg. Er wusste auf einmal wieder, wie Maja ausgesehen hatte, wenn sie vom Coiffeur kam: wie renoviert. Sie kannte sich selber nicht mehr. Doch sie vergaß ihren Anblick. Er nicht. Sie sah aus wie eine Ersatzfrau, die der Coiffeur ihm geliehen hatte, die den Kühlschrank öffnete und die Vorhänge zuzog und tat, als wäre sie bei ihm zuhause.

Auf der Suche nach seiner Frau meint Haller jetzt ihre Stimme zu hören. Das heißt, er hört sie, deutlich sogar und nah, ohne aber zu verstehen, was sie sagt. Er hört ihre Melodie. Und die Pausen, in denen sie vielleicht auf eine Antwort wartet. Vielleicht von ihm.

Haller hat von seiner Frau geträumt, vorletzte Nacht. Sie trug etwas auf ihren Händen, ohne aber darauf Acht zu geben. Sie hielt nur die Arme so gekrümmt, dass es nicht herunterfiel.

Als sie im Möbelgeschäft ihre Betten kauften – zwei Stück, neunzig mal hundertachtzig –, saß Maja im Mantel auf einer Bettkante und sah zu ihm auf. Sie drückte mit abgewinkelten Händen auf die Matratze, um sie zu prüfen. Der Verkäufer erzählte, seine Tochter und sein Schwiegersohn, er nannte sogar deren Namen, würden seit fünf Jahren in diesem Bett schlafen. Auch andere Betten verband er mit seiner Verwandtschaft. Die wohnte sozusagen im Ausstellungsraum, und man kam sich fast wie ein Eindringling vor. Der Verkäufer forderte Maja auf, eines der Betten der ganzen Länge nach auszuprobieren. Maja streifte die Schuhe ab und legte sich hin und lag dann im geöffneten Mantel, im Rock, in den Strümpfen da. Als sie sich wieder aufsetzte, blieb ihr nichts anderes übrig, als anerkennend zu nicken. Der Verkäufer wurde ans Telefon gerufen. Die beiden Verlobten nützten die Pause, um sich unter vier Augen rasch zu beraten. Das fünfte und sechste Auge waren wenigstens etwas weggerückt: Der Verkäufer beobachtete sie, den Telefonhörer am Ohr, durch die offene Bürotür. Als er zurückkam, hatten die beiden sich entschieden. Sie nahmen ein Modell aus einheimischem Nussbaum, das nicht unschön, vor allem aber sehr haltbar war. Versehen mit einer Matratze aus Pferdeschweifhaar. Der Verkäufer gewährte darauf eine zwanzigjährige Garantie.

Haller sieht seine Frau, seine Zukünftige, wie man damals sagte, ausgestreckt auf dem Bett im Möbelhaus und kann die Augen nicht von ihr lassen. Er sieht mehr als damals: ihren raschen Atem, ihre Jugend, die Mulde des Rockes zwischen den kräftigen Schenkeln.

In der eben fertig gestellten kleinen Wohnung in Oerlikon, die sie nach der Hochzeit bezogen, sahen die beiden Betten, neunzig mal hundertachtzig, nicht sofort wie eigene aus. Maja trug eine Schürze über dem Rock und regte sich wie eine richtige Hausfrau. Haller fühlte sich ein wenig als Gast. Er montierte die Wandlämpchen da, wo Maja sie haben wollte. Sie hatte eine ziemliche Aussteuer, Bettwäsche und Silberbesteck, mitgebracht. Er nur sein Radio, das allerdings neu war. Die Bettvorlagen fehlten noch. Maja wollte sie, angeleitet von einer Bekannten, die sich einen Webstuhl angeschafft hatte, selber weben. Haller sieht eine Frau in einer Zürcher Werktagstracht. Ob es sich dabei tatsächlich um diese Bekannte oder um eine andere oder am Ende gar um eine Unbekannte handelt, das kümmert ihn im Augenblick nicht.

Der Krieg hatte begonnen. Die Notvorräte waren angelegt, die schwarzen Stoffe zur Verdunkelung der Fenster lagen bereit. Haller als Funker-Soldat in einer der Festungen am Rheinknie. In der rauen Uniform und unter der kratzenden Militärwolldecke hatte sein Verlangen nach Maja, sein Verlangen überhaupt, etwas Nervöses und Stechendes gehabt. Vögeln war ein häufiges, verrauchtes Männerwort gewesen. Es bezeichnete nicht genau das, was Maja und Haller zusammen machten, sondern etwas Gröberes, wie eine Szene in einem Kasperlespiel, und setzte erhitzende Wünsche in Gang.

Strack, sagt Haller, war bei der Fliegerabwehr, Wachtmeister der Flab. Wenn ich mich recht erinnere, hat er damals einige in unseren Luftraum eingedrungene Flieger tatsächlich abwehren können. Unser Luftraum: Das Wort gehörte zum Radio, besonders zu einem der Nachrichtensprecher, der Bürgisser hieß, Bürgisser, ja, und der in der Betriebskantine Mittag für Mittag seine belegten Brote aus einer dunklen, dünnledrigen Mappe zog. Er hatte die Mappe vor sich auf dem Tisch, den Deckel zurückgeschlagen, und schaute in den schmalen Behälter, bevor er mit beiden Händen hineingriff. Haller sieht die Mappe vor sich, die künstliche wolken- oder marmorartige Prägung des Leders. Er hört die Stimme des Mannes, die „meteorologische Zentralanstalt" sagt. Haller freut sich über sein Gedächtnis, stellt aber wieder einmal fest, dass es Nebensächlichkeiten besser zu behalten scheint als Hauptsächlichkeiten.

Die Nägel der Soldatenschuhe schlugen Funken auf den Schulhausplätzen. Man stand da, reihen- und kolonnenweise ausgerichtet, und wartete, bis auch die Küchenmannschaft noch dazukam, bis die Kompanie vollständig war. Vollständigkeit auch beim Material, aufgelistet in Heften mit stabilem schwarzem Umschlag, und bei der persönlichen Ausrüstung, verzeichnet im Dienstbüchlein, in dem sogar der Zustand der in regelmäßigen Abständen inspizierten genagelten Schuhe vermerkt war. Nägel! hieß: Man hatte fehlende Nägel nicht rechtzeitig ergänzen lassen, Fett! hieß: ungenügende Pflege des Leders., i. O., ohne Ausrufezeichen, hieß: nichts zu bemängeln. Nach soundsoviel Diensttagen hatte man Anrecht auf ein Paar neue Schuhe.

Haller versucht abzuschätzen, wie viele dieser Nagelschuhe er verbraucht, wie viele Schuhe überhaupt er zerschrammt und schief getreten hat im Laufe seines Lebens. Geht man aus von einem Durchschnitt von zwei Paar pro Jahr, Haus- und Turnschuhe mitgezählt, kommt man auf hundertachtundsechzig Paare, mal zwei ergibt, nun ja, das Doppelte. Haller rechnet. Dreihundertsechsunddreißig Einzelschuhe. Stell dir vor, Helen: alle Schuhe, alle Socken, alle Sachen unseres Lebens nebeneinander aufgereiht. Sie würden einen halben Fußballplatz bedecken. Stell dir das vor, sagt Hal-

ler. Sie haben ihr Leben mit uns gehabt, ihr Schuhleben, Sockenleben, sie haben sich an uns abgenützt. Die Socken haben sich an uns durchlöchert, unsere Zehen sind ganz geblieben. Den Soldatenschuhen sind die Nägel ausgefallen, einzeln, wie Zähne. Man könnte heulen über so viel Tapferkeit. Und schon heult man fast, kann fast nicht mehr reden. Man möchte –
Helen schaut ihn an.
Du bist noch ein Vorkriegsmensch, sagt Haller heiser. Er hat jetzt sein Taschentuch in der Hand. Vorkriegsqualität.

Helen blinzelt.
Haller blinzelt nicht.
Wenn du etwas sagen willst, Helen, dann sag es. Und wenn nicht, dann nicht. Vielleicht gibt es ja nichts mehr zu sagen.
Helen blinzelt. Ihr Gesicht ist eine Fremdsprache, die er nicht mehr lernen wird. Ein Zeigefinger zuckt auf der Rollstuhllehne. Er lässt Haller an eine Eidechse denken, an den Wink eines Eidechsenweibchens. Sie muss sich, denkt er, immer irgendwie bewegen, diese Frau.
Der weiße Fleck vor dem dunkleren Korridor ist ein Pfleger. Haller hat ihn schon an seinem Tralala erkannt, das ihn überallhin begleitet. Ein Pensionär beschwerte sich kürzlich: Wenn er wenigstens ein richtiges Lied singen würde. Der Pfleger heißt Florian Peschke oder

einfach Florian und ist aus Deutschland. Helen hat ihn einmal gefragt, zu welchem Zweck er hierher gekommen sei. Für eine Tätigkeit wie die seine, meinte sie vermutlich, lohnte die Reise sich nicht. Er gab ihr eine Erklärung, der sie misstraute, weil sie eindringlich und hochdeutsch war.

Helen zuckt nun mit dem ganzen Arm. Florian stoppt und schwingt sich herbei. Na, na, dann wollen wir mal, sagt er, Frau Roux, dann wollen wir mal. Heißa Viktoria.

Man fährt dich zum Klo, sagt Haller in die Richtung, in die Helen weggestoßen wird. Was du nicht mehr selber kannst, musst du mit dir geschehen lassen, magst es inzwischen auch. Du hast dich daran gewöhnt – wie an die neuen Seifenspender, die flüssige Seife. Die andere ist dir entglitten, ist dir im Laufe der Jahre immer häufiger entschlüpft. So ist es: Die Seifen sind glitschiger als früher, die Stühle härter, das Licht greller. Und du brauchst immer länger, um zu merken, dass der Zahnpastatubendeckel nicht auf die Venensalbentube passt. An die neuen Milchtüten musst du dich nicht mehr gewöhnen. Du wüsstest nicht, wie sie aufzuschneiden, aufzustechen, aufzureißen, aufzubeißen sind, und du bist froh, dass andere es wissen.

Haller spricht weiter hinter Helen her, lautlos, aber mit zuckenden Lippen. Die Fahrkartenautomaten, sagt er, zum Beispiel die der Zürcher Verkehrsbetriebe. Ich bin davorgestanden, im letzten Frühling, im vorletzten war's, und wusste nicht, wie der Kasten funktioniert. Ein Passant, den ich fragte, wusste es auch nicht. Es gibt Gebrauchsanweisungen, zugegeben, doch die sind noch weit komplizierter als der Gebrauch. Zum Lesen einer solchen Anweisung mit ihren Bildern, Bilderrätseln, auf denen Hände und Pfeile zu sehen sind, mangelt einem nicht der Verstand und die Zeit schon gar nicht, aber der Mut. Man glaubt nicht mehr, dass das noch erreicht werden kann, man ist auf einmal zu weit, kilometerweit davon weg.

Haller hat die Brille wieder aufgesetzt. Zu „kilometerweit" passt ein Blick über das Fenstersims hinaus ins Gelände. Die Scheiben sind schneidend blank. Die Schneekante auf der Terrassenbrüstung scheint zu glimmen. Haller merkt, dass etwas fehlt, dass es die Leiter ist. Daraus ergibt sich, dass er den Fensterreiniger für heute vermutlich verpasst hat. Erst im Sommer wird er wieder anzutreffen sein. Der Sommer ist die übernächste Jahreszeit, der Herbst die überübernächste.

Das Leben schien einem früher so dicht voller Jahreszeiten, dass dazwischen nichts mehr blieb, denkt Haller. Ganz anders heute. Der Platz zwischen Winter und Frühling, zwischen Frühling und Sommer weitet sich, er reicht, genau betrachtet, bis zum Horizont und darüber hinaus. Das Ende ist dann wohl nichts anderes mehr als das endgültige Überhandnehmen solcher Zwischenräume.

Auf den Tischen ringsherum, die für Kaffeehausmöbel sehr stämmig gebaut sind, stehen Kerzen. Beim Abwischen der Tische werden diese Kerzen aufgehoben und wieder hingestellt. Das besorgt die Frau vom Buffet – eine Aushilfe heute, ein fremdes, freundliches Gesicht. Die aus Biertellern angefertigten Kerzen-Untersetzer wurden von Pensionären des Hauses bemalt. Haller hat mitgeholfen. Er hat eine Kerze nach der anderen am unteren Ende erhitzt und hat dann das Zentrum der farbigen Scheibe gesucht. Die meisten anderen Pensionäre hätten, meint er, dieses Zentrum nicht mehr getroffen, oder sie hätten sich die Finger verbrannt. Haller verbrannte sich die Finger zwar auch, aber nur, weil eine klobige Person, Scheiwiller, Scheißwiller genannt, ihn anstieß. Frau Bertschi, die keinen einzigen Namen mehr behalten kann und wohl aus Trotz auch nicht will, saß neben ihm. Drei-, viermal im Laufe des Nachmittags sagte sie: Ja, man muss etwas tun. Ihre Vergesslichkeit, merkte Haller, war eine besondere Kraft. Das Vergessen kommt einem einfacher vor als das Erinnern. Aber –

Was dann folgt, nennt Haller gewöhnlich inneren Stromausfall.

Helen kommt gefahren. Sie lehnt sich zurück, als hätte sie Gegenwind. Florian, der sie schiebt, singt zwischen geschlossenen Zähnen. Ebenso plötzlich wie sanft hält er an und benützt den restlichen Schwung, um das Gefährt zum Tisch zu drehen. Er richtet das Fußraster unter Helens Füßen. Und dann das Hörgerät, das offenbar nicht richtig eingestellt oder gar nicht eingeschaltet ist. Na, na, Frau Roux, sagt er, indem er hantiert, na, na. Ist doch besser so, Frau Roux, viel besser. Heißa Viktoria. Er bückt sich und dreht seinen fragenden Kopf vor ihr Gesicht. Helen weicht zurück. Sie lacht und nickt. Sie sitzt da wie jemand, der auf einmal mehr Luft hat.

Auch Haller kommt wieder zu Atem. Hörst du mich?, ruft er.

Helen nickt. Haller nickt mit. Er fängt laut an zu zählen: Eins, zwei, drei, vier, fünf, sechs, sieben. Hörst du mich?

Sieben, bestätigt Helen.

Haller klatscht in die Hände. Helen erschrickt und macht es ihm dann nach. Acht, neun, zehn, elf, zwölf, ruft sie.

Zwölf, ruft Haller zurück. Beide lachen. Haller wischt sich zwei Tränen ab.

Helen lacht in immer heftiger werdenden Schauern. Ihr leichter Körper verbiegt sich und bebt. Sie ist zäh genug, denkt Haller, um wegen solcher Erschütterungen nicht gleich in ihre einzelnen Teile auseinander zu fallen.

Er hat aufgehört zu lachen. Das Lächeln, das ihm geblieben ist, wird verlegener. Er schaut weg, in eine Ansammlung von Tisch- und Stuhlbeinen hinein.

Red nur, sagt Helen. Ich mag es, wenn geredet wird. Da Haller keine Antwort gibt, schlägt sie vor: Erzähl von Strack.

Das hab ich schon getan, sagt Haller, ohne den Blick von den senkrechten Möbelkanten zu lösen.

So? War aber nicht viel, was du erzählst hast, lange nicht alles.

Haller schüttelt den Kopf.

Doch, befiehlt Helen. Und nach einer Pause: Doch, doch.

Haller versucht zu spotten: Strack hat sich in den Finger geschnitten. Hab ich das schon erzählt?

In den Finger?

In den Zeigefinger, den Daumen der linken Hand.

Glück gehabt, sagt Helen.

Wieso?

Er hätte sich ins Bein schneiden können, das wäre gefährlich gewesen, oder in den Bauch.

Tatsache ist – Haller möchte ihr seinen Satz wie einen Nagel in den Kopf schlagen –, Tatsache ist, dass Strack sich in den Finger geschnitten hat.

Das hast du schon gesagt.

Haller verstummt. Bitte, schiebt er dann zwischen den Zähnen hervor, bitte lass mich reden, ja. Wenn ich dir *alles* erzählen soll, musst du mich reden lassen.

Ich lass dich schon reden, sagt Helen.

Nein. Haller beharrt: Du lässt mich nicht. Und mehr für sich als für sie flüstert er: Dumme Kuh.

Alter Affe!, bellt sie, ob wütend oder fröhlich lässt sich nicht entscheiden.

Die beiden wissen nicht, wie weiter. Ihre Gesichter sind farbiger geworden.

Da beide schweigen, wird jetzt das dünne Schreien oder Piepsen hörbar, das in der Luft ist. Hinter einer Kiste mit Ziergrün, Farn vor allem und ein weiß gefleckter Efeu, sitzt eine weinende Frau. Margrit Bär. Ein Mann, wahrscheinlich ihr Sohn, Herr Bär also, streckt ihr seinen Kopf über den Tisch entgegen. In dieser anstrengenden Haltung redet er, zählt zwischendurch etwas an seinen Fingern ab, offenbar die Vorzüge des Altersheims. Den deutlich hörbaren Satz: Andere wären froh, sie könnten hier sein, beantwortet die Frau mit stärkerem Schreien. Einer der Pflanzentöpfe trägt noch den Strichcodekleber des Garten-Centers. Daneben liegt der Hund von Herrn Bär. Wenn er sich kratzt, klickt die Hundemarke am Halsband.

Haller greift nach dem Tablett, das am Tischbein lehnt. Das Tablett kippt um, schlägt lärmig auf den Boden und ist nun vom Stuhl her nicht mehr erreichbar.

Ich mach das schon, Herr Haller, ruft die Frau vom Buffet, die Aushilfe, freundlich und immer noch fremd, die irgendwoher seinen Namen weiß, und steht neben ihm, hat das Tablett bereits aufgehoben. Sie schickt sich an, den Tisch abzuräumen, aber Haller besteht darauf, es selber zu tun.

Ich lass dich reden, sagt Helen leise, bis um Mitternacht, wenn du willst.

Die Frau vom Buffet ist an ihren Platz hinter die Kaffeemaschine zurückgekehrt. Sie blickt nur knapp über die Theke, das heißt, sie sitzt, ist wahrscheinlich beschäftigt mit einer Strickarbeit.

Haller schweigt. Er hat seine unausgetrunkene Tasse vor sich wie ein schwarzes Auge. Nach längerem Grübeln sagt er: Das Leben hat ein Loch. Tropfenweise, rinnsalweise verliert es den Saft. Also muss irgendwo eine undichte Stelle sein. Es trocknet aus, alles trocknet aus, die Haut, das Hirn, und verstaubt. Das Lachen geht in ein Husten über. Man denkt, man müsste etwas tun. Etwas, denkt man, hätte getan werden müssen. Aber was?

Haller schaut auf seine Schuhe hinab. Da unten ist für ihn das Feld der Maulwurfs-Fragen. Aber was? Während er sich an eine Antwort herangräbt, verdreht und vertauscht sich hinter seinem Rücken die Frage. Haller denkt unterdessen an ein Paar Wildlederschuhe und an deren Besitzer, seinen vor vielen Jahren plötzlich weggestorbenen Bruder. Haller hat diesen Wildlederschuhen in seinem Gestell einen Platz gemacht, hat sie aber nie getragen, obwohl sie weit bequemer sind als die eigenen Schuhe. Sobald er sie anzog, ergab sich etwas Irritierendes: seine Füße wurden traurig dabei.

Der Gong, der eben verklungen ist, ruft zum Mittagessen. Er gilt den pflegebedürftigen Pensionären. Helen also. Die Pflegebedürftigen essen in ihrer Abteilung; den Selbständigen wird eine halbe Stunde später im Esssaal aufgetragen. Es gibt Pensionäre, die gefüttert werden müssen. Einer Frau hat man dabei, das ist nun zwei oder drei Jahre her, den Mund verbrannt. Ein Löffel heiße Suppe, erzählte man sich, führte zu Verbrennungen dritten Grades. Andere Pflegebedürftige hat man mit der Gabel in die Unterlippe gestochen. In die Oberlippe, in die Zunge wohl auch. Haller ist sich im Klaren, so etwas kommt nicht nur ganz selten, sondern fast nie vor. Aber es kann passieren. Und das reicht für mehr als eine Angst.

Ruth ist gekommen, sonnenbraun – „wie eine Arbeitslose", hätte Hallers Mutter gesagt. Und Helen fährt davon, verdeckt vom Wippen der rasch kleiner werdenden Pflegeperson. Haller ist drauf und dran, dem Rollstuhl hinterherzuwinken. Er bleibt zurück, wie auf einem Bahnhof. Und wie bei einem richtigen Abschied weiß er nicht, was er da soll, wo er zurückgelassen wurde, an dieser leersten Stelle der Welt. Sein Mittagessen ist um 11.30 Uhr. Er hört es klappern. Er riecht es schon. Die Gerichte, das weiß er inzwischen, sind nie so schlecht wie ihr vermischter, dumpfer Vorgeruch.

Haller steht auf, um das Geschirr zum Buffet zurückzutragen. Mit der nötigen Vorsicht. Indem er die volle

Tasse, das schwarze Auge des ungetrunkenen Kaffees, genau überwacht, mit zu viel Vorsicht überwacht, denn einer der Ellenbogen fährt plötzlich aus und mit ihm Arm und Hand, der Kaffee springt über den Tassenrand, doch Haller kann wenigstens das Tablett noch halten, kann es sogar noch einmal richtig fassen, bevor er es auf die Theke abstellt. Die Buffetfrau strickt nicht. Sie redet gebückt, fast kauernd in ein Taschentelefon. Mehrmals nickt sie dankend zu Haller empor.

Auf dem Rückweg überraschen ihn Geräusche, die er kennt, die aber eigentlich woanders hingehören. Draußen auf der Terrasse schaufelt und schiebt ein kleiner Mann, ein Tamile, den Schnee zusammen. Seine Tätigkeit, überlegt Haller, erinnert diesen Menschen an nichts, bestenfalls an den letzten, vorletzten Schnee hier, unsereinem dagegen öffnet sie mit ihrem Poltern, Klingen und Klopfen sämtliche Lebenswinter, auch die frühesten, härtesten, schönsten, und mehr noch, viel mehr, nämlich das Uferlose. Die Fahrt geht schnurgerade hin zum Horizont und darüber hinaus wie in einer transsibirischen Bahn, die Wladiwostok nie erreichen wird. Haller meint jetzt auch das regelmäßige schneegedämpfte Schlagen der Schienenfugen zu hören, der Fugen russischer Schienen, deren Spurbreite Strack auf den Zentimeter genau hat angeben können.

Strack und die Spurbreite der russischen Bahn. Strack und die Höhe des Kilimandscharo. Strack und die Tiefe des Marianengrabens. Strack und die Zahl der

Ultraschallrufe der Fledermaus pro Sekunde. Haller fragt sich, ob man diese Zahlen vermisst, wenn keiner mehr da ist, den man danach fragen kann, den man nicht einmal zu fragen brauchte, damit er sie hergab. Antwort: Nein. Man findet sie alle, wenn nötig, im Lexikon. Nötig aber sind sie wohl nie. Schon zu Stracks Zeiten – Haller blickt auf einmal weit zurück – hatten solche Zahlen etwas Überflüssiges gehabt, hatten sie zu einem Zauber gehört, der manchmal auch etwas faul war.

Strack und die Höhe des Eiffelturms. Strack und die Länge des französischen Kanalsystems. Haller war mit Strack im TGV nach Paris gefahren. Über den schallschluckenden schmalen Teppich eines Hotels beim Gare de l'Est gelangten sie zum entlegenen Zimmer 649.

Sie besuchten das Grab Napoleons. Sie aßen ein Menü mit vier Gängen und tranken dazu zwei Sorten Wein. An einem Nachmittag gerieten sie in ein kleines Striptease-Lokal, das, wie sie merkten, noch leer war. Drei Frauen, eine weiße, eine schwarze und eine gelbliche, zogen sich der Reihe nach aus und setzten sich nachher im Morgenmantel abwechselnd an ihren Tisch. Im Park von Versailles regnete es. Unter einem finstern Laubdach standen Gartenarbeiter rauchend um eine Schubkarre herum. Spätabends, in einem seiner breit gestreiften Pyjamas, schlug Strack im Reiseführer die Sehenswürdigkeiten nach, die sie tagsüber aufgesucht hatten. Die Pyjamahose war so lang, dass er sie, um nicht auf ihren Saum zu treten, bis unter die Achseln hochzog.

Seit Haller nicht mehr Auto fährt, kommt ihm das Zugfahren viel vernünftiger vor. Für Senioren gibt es Tageskarten zu reduziertem Preis. Am häufigsten nimmt Haller die Albula-Route ins Oberengadin, die er zuweilen auch mit Strack gefahren ist. Wenn man zum Nachtessen zurück sein will, muss man St. Moritz um 13.00 Uhr wieder verlassen. Um halb eins, nach einem kleinen Imbiss, stellt Haller sich jeweils die Frage, ob er seiner Tochter eine Ansichtskarte schicken soll. Andere Adressaten wären: Ein jüngeres Paar, ehemalige hilfsbereite Nachbarn, kinderlos, die gewissermaßen vierhändig in Einzahl leben und selber regelmäßig Ansichtskarten versenden, und ein Kollege, Wachmann, pensioniert, der früher mit der nächtlichen Kontrolle des Radiogebäudes und seiner Einrichtungen betraut war. Mit ihm, Oppliger heißt er, kann Haller weiterhin dies und das unternehmen.

Oppliger macht alles bereitwillig mit. Es mag ein Zoobesuch sein, eine Schifffahrt oder ein Vortrag über ungenutzte Gedächtniskräfte. In einem frisch gebügelten kurzärmligen Hemd steht er bereit, immer ein wenig gespannt auf irgendwelche Dinge, die da kommen sollen. Nach einem solchen gemeinsamen Nachmittag oder Abend ergibt sich meistens nicht gleich eine neue Verabredung.

Haller vergisst den Kollegen, denkt oft wochenlang nicht mehr an ihn. Dann schreibt er ihm eine Ansichtskarte. Oder versucht es und merkt schon beim Datum die Altersunruhe der Hand. Es gibt Tage, an denen nur erbärmliche, einzeln hingekrakelte Druckbuchstaben entstehen würden.

Haller denkt an ein altes Paar im Intercity-Zug. Er sehr groß, sie klein und dick, beide außer Atem. Sie hatten sich nach Chur zu ihm ins Zweitklassabteil gesetzt. Mit Fahrkarten erster Klasse, wie sich herausstellte, als der Schaffner kam und den Alten den Weg zu den Erstklasswagen wies. Das Gepäck vor den Knien und immer noch schnaufend sahen sie zum Schaffner auf. Zu den Erstklasswagen waren drei Wagen zweiter Klasse und ein Speisewagen zu durchqueren. Die Alten zögerten nicht. Er nahm seinen großen Koffer und zog ihn wie einen widerstrebenden Hund hinter sich her, sie trug ihre Tasche mit beiden Armen vor der Brust wie ein zu rasch gewachsenes Kind. Mit der Schulter drückte er die erste Schwingtüre auf. An der Schiebetüre, die das Verbindungsstück zum nächsten Wagen schloss, hantierte er umständlich, so viel konnte Haller noch erkennen, als hätte er nicht das richtige Werkzeug, den Büchsenöffner beispielsweise, zur Hand. Was den beiden dann noch bevorstand, war die zweite Schiebetür, dann die Schwingtür des nächsten Wagens, die hintere Schwingtür, die Schiebetür, und so weiter. Haller war überzeugt, die beiden Alten würden den Wagen, der zu ihren Fahrkarten passte, in diesem Leben nicht mehr erreichen. Er schämte sich für sie. Solche Hilflosigkeiten, die im Altersheim alltäglich waren, wirkten hier, in der Öffentlichkeit, deplatziert.

Haller ist unterwegs zum Esssaal. Seine beiden Tischgenossen, der Kanadier Hausammann oder Häusermann und Krättli, der ihm jetzt mit dicken Brillengläsern entgegenschaut, haben ihre Plätze bereits eingenommen. Wenn der Gong schallt, sitzen sie immer schon da, vor einer der handsignierten Lithographien, fast alles Juralandschaften, die an den Wänden verteilt sind.

Krättli ist Diabetiker. Obwohl er die Lupe braucht, um die Spritze aufzuziehen, gibt er sich sein Insulin noch selber. Da er vermögend ist, wird ihm jede Leistung des Personals einzeln verrechnet. Zu Krättlis wiederkehrenden Klagen hat Haller bisher nur genickt. Das nächste Mal wird er seine Überlegungen nicht mehr für sich behalten: Wenn das Verabreichen der Spritzen durch das Personal so teuer ist, wie Krättli behauptet, entsteht ihm doch gerade daraus die Chance, so weit zu verarmen, dass er sie gratis bekommt.

Es gibt Bratwurst mit Rösti, ohne die für manche Pensionäre schwer verdaulichen Zwiebeln. Haller hat sich nicht an diese Diät gewöhnt. Strack fand sie lächerlich. Er aß Knoblauch, um, wie er sagte, das Blut zu verdünnen. Als Haller fragte, ob sein Blut denn zu dick sei, erklärte er, jedes Blut sei zu dick. Im Frühling machte er Jahr für Jahr eine Bärlauchkur. Gegen den dabei entstehenden Körpergeruch verwendete er ein Kölnisch Wasser, das nicht kölnisch, sondern eher kolumbianisch roch. Auch sonst umgab er sich gern mit starken, geradezu sieghaften Düften.

Hausammann oder Häusermann zählt die Würste auf, die es in Hope, einer Stadt in British Columbia, zu kaufen gab. Krättli nickt. Sein Respekt gilt vermutlich den englischen Namen.

Für Strack waren nicht die Zwiebeln schwer verdaulich, sondern die Würste. Strack, sagt Haller, war ein Vegetarier.

Und ein alter Hornochs, fügt Krättli bei. Er benützt dieses Wort, das nicht ihm gehört. Haller stockt kurz der Atem. Krättli hat Strack nur oberflächlich kennen gelernt: als Stammgast der Cafeteria, als Akkordeonspieler an Altersnachmittagen. Der Kanadier blickt auf, ohne den über die Wurst gebeugten Kopf zu heben. Er hat Strack nicht gekannt und braucht darum Erläuterungen.

Strack konnte keine Tiere leiden sehen, sagt Krättli, und wiederholt damit, was Strack bei solchen Gelegenheiten selber von sich zu sagen pflegte. Nicht wiederholbar ist die zugehörige traurige Sprechmelodie, die Haller immer neu verwunderte und verwirrte. Als Haller dem Freund einmal entgegenhielt, er sehe sie ja gar nicht leiden, diese Tiere, erwiderte er, als spreche er von einer Begabung: Aber ich stelle sie mir vor. Ich stelle mir alles vor. Ich kann nicht anders.

Haller denkt an das Aquarium, das Strack hinterlassen hat, dann an einen Vogelkäfig mit zwei Vögeln. Strack, sagt er, um Krättli vorübergehend auszuschalten, Strack war ein Tierfreund. Hat Sittiche gehabt, ein Männchen und ein Weibchen. Wellensittiche waren es nicht, es waren andere. Seine Schwester hütete sie, als Strack einmal weg war, als er mit dem Fahrrad nach Verona gefahren war, eine Karte für die Freilichtoper in der Tasche. Und dann gab sie ihm die Vögel nicht mehr zurück, die Schwester, Käthi, oder er holte sie nicht mehr ab. Haller sieht eine Fensternische und ein leeres Tischchen vor sich, die rechteckige Schmutzspur des Käfigs auf der vergilbten Wachstuchdecke. Sittiche, wiederholt er. Die genaue Bezeichnung für jene So-und-so-Sittiche, jene Sorte ohne Wellen, stellt sich nicht ein. Zwar käme er ohne die Bezeichnung aus, ein Wort lässt sich ersetzen, alle anderen stehen ja noch dicht wie ein Wald, aber das fehlende zeigt doch das Loch an, in das hinein und hinab es verschwunden ist. Und dieses Loch fasst bequem einen ganzen Wald, mehrere Wälder, und man weiß nicht –

Das ist aber ein dehnbarer Begriff, unterbricht Krättli den Kanadier, der lange geredet hat. Für den Kanadier scheint der Begriff nicht dehnbar zu sein. Er hat den Kopf, den bekümmerten Blick weggedreht.

Haller merkt, dass er jetzt einen Fruchtsalat vor sich hat, dass er an einem Birnenschnitz kaut, dass er eine der Kirschen, die es so rot nur in Büchsen gibt, auf dem schwankenden Löffel bereithält.

In der Tür steht Reber. Erkennbar von weitem daran, wie er in der Tür steht und in den Saal schaut. Sein Kopf dreht sich über der Krawatte, die sich aus dem Pulloverausschnitt vorwölbt. Reber Willi kommt regelmäßig eine halbe Stunde zu spät, kann sich nicht an die Essenszeiten gewöhnen. Bei ihm zu Hause aß man um zwölf. Punkt zwölf, betont er jedes Mal, nachdem er sich für die Verspätung umständlich entschuldigt hat. Der Mann, heisst es, hat sein Zimmer mit dem Schäbigsten möbliert, was er besitzt. Die besseren Stücke waren ihm zu schade für das Altersheim. Sie befinden sich, heißt es, in alte Vorhänge eingepackt, im Mietabteil eines Lagerhauses.

Ein anderer Willi drängt sich an dieser Stelle vor, ein Kollege von Strack, mit dem er eine Zeit lang aufgetreten war. Dieser Willi hatte das Akkordeonspiel auf der Gitarre begleitet. Versteh mich recht, sagte Strack, von einer Begleitung kann nicht die Rede sein: Er stolperte bloß neben und hinter mir her. Trauriges Kapitel. Er machte alles falsch. Damit meinte Strack schon nicht mehr Willis Musik, sondern sein Leben.

Hausammann oder Häusermann flucht, das Handgelenk vor dem Mund: Shit.

Wenn dir der Fruchtsaft vom Löffel läuft, sagt Haller

in Gedanken zu ihm, dem Löffelstiel entlang, der Hand entlang in den Ärmel hinein, dann liegt das nicht am Löffel, sondern an der Hand, am Arm, an der Person, sie sich ablenken lässt von Reber, von irgendwem, von Frau Vic, die man gestern eine Hand voll Reis aus dem Teller schaben und in die geöffnete Handtasche streichen sah. Sie wollte damit, erfuhr man später, ihre Katze füttern, die längst nicht mehr lebt. Haller hat an ägyptische Katzenmumien gedacht. Er hat es für möglich gehalten, dass die Ägypter ihnen einen Proviant, ein Dutzend Mäuse, ins Grab mitgaben.

Frau Vic, die man einfachheitshalber nur bei der Endsilbe ihres Nachnamens nennt, ist heute nicht da. Vermutlich hat ihre rauchende, mit gelben Zähnen lachende Enkelin sie mit dem Auto abgeholt. Auto ist das Wort, das man von der Vic am häufigsten hört.

Haller hat eine Rosine auf die Hose und von der Hose unter den Tisch fallen lassen. Er bückt sich nicht, hebt sie nicht auf, steckt sie nicht in den Mund und muss darum nicht fürchten, etwas Falsches aufgehoben und nun aus Versehen etwas Falsches, etwas Unbestimmtes im Mund zu haben.

Krättli sagt: Es kommt darauf an. Er wiegt mit dem Kopf.

Der Kaffee ist für zwei Uhr vorgesehen. Die Zeit nach dem Mittagsschlaf.

Haller hat sich in der Unterwäsche auf sein Bett gelegt. Er bevölkert sein Zimmer. So nennt er seine Tätigkeit. Helen bevölkert das ihre. Die Hand auf dem Wulst des Geschlechts, blickt er zur Decke empor. Über der Decke ist eine weitere Decke, darüber das verschneite Dach, darüber der Himmel, in den er als Kind hinaufgeschaut hat. Das Blau war gewölbt, das weiß er noch, es reichte seitlich herab bis zu den Ohren.

In einem vergangenen Sommer hatte Haller die Idee gehabt, wieder einmal in den blauen Himmel zu schauen. Ein Versuch. Er wusste schon, auf welches flache Wiesenstück er sich hinlegen wollte, mit welchem Bus er dahin gelangte, am ersten kommenden schönen Tag, um nur noch die gewölbte Luft über seinem Gesicht zu haben. Als er sich dann in dem Gras, das ziemlich feucht war, eingerichtet hatte und den Blick nach oben richtete, schwammen vor dem bläulichen Dunst die Verunreinigungen seiner Augen wie Schlieren auf einem Gewässer. Sie bildeten Knäuel immer ausgerechnet da, wo er hinsah. Er hörte ein Flugzeug, das er im ganzen kahlen Himmel dann nirgends ausmachen konnte. Später ein Hähergezänk.

Haller denkt an seine Kindheit wie an die eines anderen Menschen, und wenn er so denkt, fragt er sich: Woher soll einer wissen, ob diese Kindheit die eigene oder eine andere ist? Die eigene müsste doch überzeugender sein. Haller stellt sich vor, seine Erinnerung käme in der

Fremde einer verschneiten Vergangenheit einmal nicht mehr zurecht, würde in eine andere Kindheit geraten, fände schließlich nie mehr ins Alters- und Pflegeheim „Sandhalde" zurück. Doch dann hört er seine Mutter sagen: Geh nicht zu weit, es ist bald Zeit zum Abendessen. Seine Mutter? Wer sonst. Und das von ihr ermahnte Kind? Er selbst, Hans Haller. Und wessen Vater soll es sonst gewesen sein, der ihn ausklopfte mit dem Teppichklopfer, wenn nicht der eigene, der ebenfalls Hans hieß? Und wessen Hintern brannte nachher, wenn nicht der eigene – der inzwischen flach gewordene, der keine Unterhose mehr ausfüllt?

Das blendende, ins Zimmer überfließende Licht hat etwas schwer Begreifliches. Die Decke ist hell wie – wie etwas anderes, das einmal ähnlich hell gewesen ist. Haller weiß nicht, woran er sich erinnert. Etwas ähnlich Helles wird ihm künftig vielleicht einmal diese Decke ins Gedächtnis holen, das Lautlose dieser Pracht.
    Haller schließt die Augen. Und fühlt sich sofort drinnen und sogar zuhause wie in einem zweiten, rasch geräumiger werdenden Zimmer, das er selber ist und zugleich bewohnt. Hier möchte er schlafen können.
    Haller denkt über die Frauen nach, ohne dass ihm dabei viel Brauchbares einfällt. Dass ihre Geschlechtsteile, denkt er, ihr Geschlechtsteil, Einzahl, nicht gar so unverständlich ist, mehr umständlich als unverständ-

lich, dass das Unverständliche der Frauen woanders sein muss, wo man es nicht vermutet. Er sieht eine weibliche Furche vor sich, wie eine Narbe, schlecht verheilt, über der die Haare in Büscheln zusammenstoßen, er hat sie – er hatte sie vor dem Gesicht, und plötzlich verließ ihn die Lust und der Mut und alles. Er befand sich zwischen zwei Schenkeln und wusste nicht, was er hier verloren hatte. Das Wichtigste, denkt er, ist immer da, wo man es nicht vermutet. Das meiste Schamhaar ist ja sowieso wie Rosshaar, sagt er zu sich selbst, als brauche er für irgendetwas einen Beleg.

Haller vergegenwärtigt sich Helens Gesicht und Gestalt, um herauszufinden, was bei ihr das Wichtigste ist. Er findet es nicht heraus.

Er möchte schlafen können. Strack, denkt er, hatte einen guten Schlaf. Er schlief wie ein Hornochs. War in einem Gespräch von einer Sache die Rede, von der er nichts verstand, von alten Apfel- und Birnensorten etwa, von länglichen Kartoffeln, die in den Bergen gediehen, schlief er ein. Er schlief am Tisch. Er schlief im Fernsehsessel.

Wenn er wieder erwachte, war er in einem neuen Film. Das Fernsehen braucht mich, seufzte er. Haller hörte später, wie er denselben Scherz auch Krättli erzählte. Matula rührt keinen Finger, wenn ich nicht mit dabei bin. Sie können sich nicht vorstellen, Herr Strack, wie anödend es ist, zu spielen für so viele Gaffer auf so vielen Sofas, in so vielen Sesseln und Betten und alle diese käsigen und quarkigen Gesichter vor sich zu haben, hat er gesagt, Matula. Wir siezten uns damals noch. Man gibt sein Bestes, Herr Strack, für Leute in verbeulten Trainingsanzügen, die von der Schauspielkunst null Ahnung haben. Ich musste Matula versprechen, bei jeder seiner Sendungen anwesend zu sein.

Helen macht vor dem Fernseher immer ihr Fernsehgesicht. Dazu gehört ein misstrauisch verzogener Mund. Als wollte sie kundtun, dass sie der Geschichte nur ausnahmsweise folgt und auf Zusehen hin. Die Menschen in den Filmen, hat sie festgestellt, gehen nie auf den Abort. Sie für bloße anderthalb Stunden kennen zu lernen, dazu ist Helen selten bereit. Am ehesten mag sie Serien. Da sind einem die Menschen bekannt, und sie bleiben auch nicht zu lang, nach einer knappen Stunde verschwinden sie wieder.

Haller fällt ein, was bei Helen das Wichtigste ist: Wie sie dasitzt und dreinschaut, wie sie hinter einem Apfel hervorschaut, wie sie sagt: die Menschen in den Filmen. Nicht *etwas* ist bei ihr das Wichtigste, sondern Verschiedenes. Schwer zu sagen, was nicht. Sie schnalzt mit der Zunge, als hätte sie das bei einem Vogel gelernt. Wenn Haller ihr die Schuhe schnürt, beobachtet sie ihn aufmerksam, wie einen Handwerker bei seinem Handwerk. Gestern, als er stöhnte: Ich verstehe nichts von Frauen, Helen, sagte sie ernst und wach: Ich auch nicht.

Da ist wieder die Zimmerdecke, immer noch genauso hell. Das Fenster ist beleuchtet, als würde draußen ein Fest abgehalten. Der Anlass ist nicht ein Geburtstag, sondern bloß ein Tag, der 25. Februar, der das Zimmer vollständig ausfüllt. Haller fühlt sich als Gast dieses bloßen Tages.

Drüben auf dem Tisch, der dafür als Sockel dient, ragt der kleine Turm der ungelesenen Bücher ins Licht, jedes davon ein handliches, großes Versprechen. Haller würde öfter lesen, wenn er wüsste, wie man es fertig bringt, nach dem zweiten, dritten Satz nicht abzuschweifen, oder wie man es anstellt, von den Abschweifungen zurückzukehren, bevor man vergessen hat, wovon im zweiten, dritten Satz die Rede war.

Daneben steht das dunkle Viereck des Fotorahmens. Haller kann das Bild vom Bett her nicht erkennen, geht aber davon aus, dass die Abgebildete immer noch und weiterhin lachend herüberschaut. Was er sieht, ist ein dunkles, vom Licht aufgeweichtes Viereck und dann, ganz kurz und gleich darauf ein zweites Mal: eine Kopfwendung der jungen Frau, Maja Sturzenegger, ein Blick aus der Zeit des Anfangs, des Anfängleins, die Haller an den modischen strichdünnen Brauenbogen weit über den Augen erkennt. Die junge Maja schaut, als hätte sie nicht mit ihm gerechnet. Du in meinem Leben? Haller hat sich aufgesetzt, um für diese Frage besser gerüstet zu sein. Er hofft auf eine Wiederholung und dass der dritte Blick sich geduldet, bis der alte

Mann sich angezogen, seine Armseligkeiten bedeckt hat.

Der dritte Blick ist ausgeblieben, und das ist am Ende besser so. Haller hat sich die Scham erspart, ihm nichts Jüngeres, Strafferes zu offerieren.

Das also, sagt er, nun in Hemd und Hose, indem er sich umdreht, das also ist der 25. Februar. Der Kalender hat ihn angekündigt. Nun ist der Tag aber doch ganz überraschend, überrumpelnd eingetroffen. Freut mich, hört Haller sich sagen.

Am kommenden Freitag, am 3. März, wird in der Cafeteria ein Fastnachtsball veranstaltet werden. 19 bis 22 Uhr. Um das Kostüm braucht man sich nicht groß zu kümmern. Ein Pyjama, ein Bademantel genügt. Für solche, die sich etwas basteln wollen, gibt's Karton, Draht, Papier und die Unterstützung der noch ganz jungen und begeisterten Frau Landert, die nicht Fräulein genannt werden will. Sie bietet immer wieder ihren Vornamen an, den Haller immer wieder vergisst. Er schämt sich darüber und meidet die Frau.

Viele Pensionäre fangen mit dem Verkleiden erst an, wenn die Tischbomben knallen, wenn es Clownnasen, Schnurrbärte, Mützen regnet oder schneit. Für den letztjährigen Ball hatte Helen sich aus ihrem Rollstuhl eine Art Thron errichtet, in den sie sich mit Kissen, Bändern, Papierschlangenlocken und dergleichen selber mit einbaute. Sie trug eine goldene Pappkrone. Die

Stola in Grün und Silber bestand aus einem mit Trompeten, Geigen und singenden Engelsköpfen bedrucktem Geschenkpapier.

Wo der Lärm am größten war, saß Agnes Müller. Sie weinte, offenbar verschreckt, unter einem breitrandigen bunten Hut. Der einäugige Fluss ihrer Tränen sah nicht nur sehr traurig, sondern gleichzeitig auch sehr fastnächtlich aus. Frau Bernasconi trug eine Maske, die sich von ihrem Gesicht nur dadurch unterschied, dass sie sich beim Sprechen nicht bewegte.

Haller weiß schon, wie er am kommenden Freitag erscheinen wird, nämlich wie Strack, der sich vor ein paar Jahren einfach und effektvoll als Pirat verkleidet hatte. Ein gestreiftes Pyjama, aufgerollt bis unters Knie, bis über die Ellenbogen, ein rotes Kopftuch, eine schwarze Augenbinde. Haller überlegt, ob er sich ein neues, passenderes, zum Beispiel breiter gestreiftes Pyjama anschaffen soll. Ob es sich noch lohnt, denn er hat schon zwei Pyjamas, die er beide in diesem Leben nicht aufbrauchen wird. Und in einem anderen Leben, wenn es ein solches gibt, braucht er kein Nachtkleid.

Wer einmal tot ist, möchte nicht mehr ins Leben zurück, hat Haller kürzlich einer Schülerin erklärt, die einen Aufsatz über die Gedanken eines alten Menschen schreiben musste. Wer einmal tot ist, kann nicht begreifen, was ihn in diesem Leben jahrzehntelang festhielt. Tote denken an das Leben, falls sie es überhaupt tun, wie an die abgenützte Tonbandkopie eines Hörspiels.

Was sie dagegen sehr beschäftigt, sind die schwarzen Ränder ihrer Fingernägel. Haller fiel auf, wie lang und fremdartig gewölbt die Fingernägel der Schülerin waren, mit der er sprach. Gerne hätte er dem freundlichen und schüchternen Lächeln des Mädchens geglaubt, wären diese Nägel nicht gewesen. Das Lächeln verstärkte sich, wenn Haller nur Ja oder Hm oder gar nichts sagte. Die Fingernägel blieben immer gleich.

Haller sitzt jetzt wieder in der Cafeteria, auf dem gewohnten Stuhl und sinnt und verdaut. Den zweiten Stuhl, der in seiner Abwesenheit an den Tisch zurückgestellt wurde, hat er vorsorglich schon zum Nebentisch geschoben. Falls es Helen einfällt zu kommen: die Zufahrt ist frei.

Wären diese Fingernägel nicht gewesen, sagt Haller zwischen den aufgestützten Armen auf die Tischplatte hinab. Die Finger der Schülerin, die ihm hier, am selben Tisch, ein Mikrophon entgegenhielten, hatten etwas zu verheimlichen. Andererseits – er stellt sich ein fünfzehnjähriges Mädchen vor, das einem unbekannten alten Mann *nichts* zu verheimlichen hat, und merkt, wie abwegig das ist.

Unter ihrem T-Shirt hat sie kleine Brüste getragen, die ihrer ganzen mageren Gestalt, wenn man sie sich nackt vorstellte, etwas Schutzbedürftiges gaben. Erste Schamhaare in der Gegend des Schambeins oder schon das ganze junge Fell. Haller wollte ihr imponieren. Er wollte sie das Fürchten lehren, überflüssigerweise, denn das konnte sie schon. Seine landsknechtische Laune, die er den Fingernägeln des Mädchens verdankte, überraschte und kräftigte ihn. Also zusammenfassend, sagte er: Das Leben hat ein Loch.

Solche Sätze konnte er dann auch im computergeschriebenen Aufsatz „Gedanken eines alten Mannes" nachlesen. Das Mädchen überließ ihm eine Kopie mit der Widmung: Für Herrn Haller / Mit vielem Dank für das interessante Gespräch / Janine Staufer. Haller las darin: Das Menschenleben ist eine große Umständlichkeit. Oder: In der „Sandhalde" braucht niemand Angst zu haben. Nur die Betreuer haben Angst. Ihre Löhne sind kürzer geworden. Wenn *wir* uns unsicher fühlen, betrifft es nur dieses oder jenes Glied oder Organ, das nicht tut, wie es soll, die Hände oder das Herz. Auf die Essenszeiten können wir uns verlassen.

Haller erinnert sich nur bruchstückweise oder gar nicht, solche Sätze gesagt zu haben. Andere erkennt er mit Vergnügen wieder: Es ist ein Warten oder eine Art von Bereitsein. Wie die Möwen auf den Holzplanken der Badeanstalt: ein Streumuster von Vögeln, alle ausnahmslos der Wintersonne zugewandt.

Haller sitzt, sinnt und verdaut. Am Spieltisch drüben werden die Karten verteilt und in den Händen zu Fächern zusammengesteckt. Haller fällt auf, dass die Welt ohne Unterlass in Betrieb ist. Das Mahlwerk der Kaffeemaschine singt. Ein Luftzug vom Eingang her bringt die an Fäden aufgehängte Dekoration in ein Schaukeln oder Schwingen. Der Schmuck der Räume, hergestellt von Pensionären, wechselt mit der Jahreszeit, im Herbst ist er herbstlich, im Frühling frühlingshaft. Die jetzt über ihm schaukelnden bunten Kartonclowns kündigen die Fastnacht an. Im Alter, denkt Haller, braucht man solche Dinge. Man muss zum Leben aufgemuntert werden.

Auf der Tafel mit den Angeboten des Tages steht nur

eine einzige, schön geschriebene Zeile: *Linzertorte, Stück 2.60.* Aus heiterem Himmel findet Haller diese Zeile blöd, saublöd, und genauso blöd findet er die weiße Tafel, die mit Spezialfilzstiften beschriftet wird. Blöd, was in seiner Mundart auch fad und fadenscheinig heißt, ist ein Wort der Mutter: „Blöd wie Regenwasser." Die Kartenspieler, drei Männer und eine Frau, die Stühle, auf denen sie sitzen, der Tisch, auf den sie ihre Karten werfen, die Schwarztee trinkende Frau Soundso, die sich für den Besuch der Cafeteria umgekleidet hat, als ginge sie aus, ihre Handtasche, ihre Hand, die ganze Cafeteria ist blöd wie eine ungesalzene Suppe. Alles sieht aus wie ein Ersatz, als fülle es bloß eine Lücke aus, vorübergehend, bis das Richtige zurück ist. Und so fühlt Haller sich selber auch. Strack würde sagen: wie ein Spieler auf der Ersatzbank – gegen Ende des Spiels, wenn klar ist, dass er nicht mehr gebraucht wird. Dabei hat er trainiert, ist früh zu Bett gegangen, hat auf sein abendliches Bier verzichtet, wenigstens auf das dritte und vierte Glas.

Bei solchen Launen hilft auch das Fernsehen nichts, das sich zwar Mühe gibt, kurzweilig zu sein, dabei aber kaum noch zu etwas anderem kommt. Haller erwartet vom Fernsehen nur, dass es, wenn er einschaltet, da ist, gleichgültig womit, es kann ein Nachrichtensprecher sein, der aussieht, als lebte er unter Wasser, eine erschrockene blonde Frau, die einen großen Schatten an eine Wand wirft, wilde und kluge Kinder, eine Familie, die Brote mit Aufstrich isst, das grasgrüne Gras eines Fußballfeldes. Mehr will Haller nicht, das Fernsehen aber will mehr. Die Akteure, die so tun, als wären sie unter sich, möchten ihn überzeugen. Das ist selbst dem Krimigauner wichtiger als das Geld, das er stiehlt, die Frau, die er erpresst, der Gegner, den er umlegt, der Komplize, den er verrät. Die Darsteller strengen sich an, unmenschlich und pausenlos, und was, fragt Haller, was gibt er ihnen zurück? Er schaut ihnen bestenfalls zu, gutmütig und zerstreut und ohne gleich schon nachzusehen, was auf anderen Sendern läuft.

Als Kind hat Haller sich vorgestellt, seine ganzen Tage und Nächte würden ohne sein Wissen gefilmt. Auf dem Weg zur Schule dachte er sich die entsprechende Szene aus: Ein Junge mit Schulsack war da zu sehen auf der Straße, auf der er gerade ging, ein Junge genau wie er, in sechs bis acht Metern Entfernung, stumm, aber mit einer schönen Musik. Im Film, das war der Unterschied zum wirklichen Leben, sah er sich von hinten. Und im wirklichen Leben gab es an solchen Stellen keine Musik.

Haller sitzt und wartet, bis die Strähne des Überdrusses vorbei ist. Und wenn er schon wartet, kann er ebenso gut auch auf Helen warten. 14.30 Uhr – und sie schläft immer noch.

Hinter der grünen Farn- und Efeuschranke ist ein Gespräch in Gang gekommen.

Ja, Frau Müller. Die Angesprochene ist Agnes Müller, die Sprechende ist eine Studentin, die im Heim ein Praktikum absolviert.

Wie heißen Sie?, stößt Frau Müller nun zum zweiten Mal heraus.

Die Praktikantin wiederholt ihren Namen.

Von Frau Müller kommt nichts.

Wie lange sind Sie denn schon hier, Frau Müller?

Zehn.

Zehn Jahre?

Zehn, ja. Bitte.

Gefällt es Ihnen?

Ja. Bitte.

Und wie heißt denn dieser Ort, dieses Heim? Können Sie mir auch seinen Namen sagen?

Müller.

Die Praktikantin lacht: So heißen Sie doch selber!

Ja. Ich selber.

Ich meine aber den Ort hier.

Ach so. Das ist schwer zu sagen, haucht Frau Müller. Haller kann es gerade noch erraten. Der Farnwedel, der ihr Gesicht verdeckt, ist weder ein Wurmfarn noch ein Blasenfarn, Adlerfarn, Streifenfarn. Er hat dasselbe Grün wie Agnes Müllers Négligé, in dem sie vergangene Woche einmal sogar zum Mittagessen erschien. Sie wird nun, vermutet Haller, bald in die Pflegeabteilung wechseln müssen.

Die Praktikantin fragt nach ihrem Sehvermögen.

Frau Müller schweigt zuerst. Dann sagt sie: Bergauf und bergab.

Das Gespräch ist eine Art Interview, das, nimmt Haller an, Material ergeben soll für eine Diplomarbeit.

Stört es Sie, wenn ich rauche?, fragt die Praktikantin. Dann aber scheint sie zu merken, dass sie sich in einer Nichtraucher-Zone aufhält. Nach einer Pause ohne Feuerzeugklicken und Zündholzgeräusch sagt sie: Ach ja, Frau Müller, Sie erinnern sich im Großen und Ganzen doch –

Frau Müller zischelt etwas. Auch die Praktikantin ist leiser geworden. Haller versteht nun gar nichts mehr. Deutlich ist erst wieder die Frage: Wie hat denn Ihr Mann geheißen?

Wer? Warum? Ich weiß nicht.

Und Ihre Mutter?

Nein, im Moment nicht, Verzeihung. Ist nicht da.

Wo ist sie denn?

In der Küche, keucht Frau Müller wie jemand, der einen größer werdenden Rückstand auszugleichen versucht. Haller kennt das: Man setzt auf die Eile als letztes Mittel, um alles wieder gutzumachen.

In der Küche?, fragt die Praktikantin.

Nein, stellt Frau Müller richtig: Sie hat uns nicht gesagt, wohin – Verzeihung. Wir wissen es nicht. Wir wissen es nicht. Wir haben sie, bitte, nicht mehr gesehn.

Haller steht auf. Er möchte nicht länger hören, was nicht für ihn bestimmt ist. Und pinkeln muss er sowieso.

Hallers Finger tasten nach der Zunge des Reißverschlusses. Dass die Hose schon offen ist, merkt er erst nach einem kurzen Erschrecken, das wie ein Sprung durch ihn durchgeht. Solche Schreckmomente sind in letzter Zeit zwar nicht häufiger, aber heftiger geworden. Und es dauert, bis Haller wieder aus einem Stück ist. Lange steht er an der Schüssel, im Surren einer Lüftung. Der ganze Ort mit seinen glatten Oberflächen liegt weit außerhalb der Welt.

Haller zieht den Reißverschluss hoch. Was er genauso gut, denkt er, hätte vergessen können. In öffentlichen Toiletten kam einem früher eine Mahnung zu Hilfe: Bitte Kleider in der Anstalt ordnen.

Einer der Kartenspieler hat sich vor eine benachbarte Schüssel gestellt. Mit einem Grußlaut, als sähen sie sich heute zum ersten Mal. Haller hat den Laut zurückgegeben.

Es ist 14.50 Uhr. Helen schläft wohl längst nicht mehr. Aber, fragt Haller, was tut sie sonst?

Er winkt dem portugiesischen Küchenmädchen zu. Ihr Name beginnt mit einem A. Haller nennt sie Angora, was sicher falsch, aber schön ist. Mit einer großen Schachtel hat sie den Gang durchquert und die Tür zur Küche aufgestoßen, zum Klingen und Klappern von Besteck, das aus der Spülmaschine in Blechbehälter eingeräumt wird. Was den vollsten Klang erzeugt, sind die Löffel. Einmal hat Haller das Mädchen mit „Bom dia" gegrüßt. Und sie fing sofort portugiesisch zu sprechen an, lachend, lebhaft, und er verstand kein Wort.

Er hat sich wieder zum Fenster gewandt. Im richtigen Augenblick: Eben wird Helen auf die inzwischen geöffnete Terrasse geschoben. Haller humpelt hinter der Pflegerin her, kopfvoran ins Helle.

Ruth lacht ihm entgegen: Da haben Sie sie wieder!

Da hast du mich wieder, sagt Helen. Geblendet und möglicherweise erfreut kneift sie nicht nur die Augen zusammen, sondern das ganze Gesicht.

Haller fragt ernst und atemlos: Wo bist du gewesen?

Ich bin –, sagt Helen und überlegt, spitzt den Mund dazu.

Was hast du gemacht?

Die Pflegerin vermittelt: Frau Roux hat ein Bild gemalt.

Wir haben gemalt, mit Frau Landert, erklärt Helen, und anschließend haben wir uns geschämt für die hässlichen Sachen. Dann haben wir die Tuben verschlossen und die Pinsel ausgespült. Helen lacht ein wenig. Frau Landert sagte: O die schöne Kuh! Dabei war's eine Katze, was ich machen wollte. Ich habe das Bild für Frau Landert dann fertig gemalt: Eine schöne Kuh vielleicht, aber eine abverreckte Katze.

Ruth, schon im Gehen, mahnt: Tragen Sie Sorge zu ihr.

Haller merkt nicht sofort, dass er gemeint ist. Er antwortet nicht, er lacht einstweilen.

Helen gibt ihm etwas zu tun: Kaffee, Kaffee, Milch, Zucker und Schnee.

Haller reimt: Herrjemine. Er freut sich. Der ganze Nachmittag kommt ihm bereits gut eingerichtet vor.

Am Buffet trifft er auf drei ratlose kleine Mädchen. Die Auswahl an Süßigkeiten ist mager hier. Eines der Mädchen hält eine Zehnernote vor der Brust. Die Urgroßmutter, eine Pensionärin des Hauses, gibt den Urenkelinnen bei jedem Besuch eine solche Note. Die Mädchen, glaubt Haller zu erraten, besuchen nicht nur eine alte Verwandte, sie besichtigen auch das kostbare Wort Urgroßmutter, dem hier wahrhaftig etwas entspricht, und sie getrauen sich nicht enttäuscht zu sein über das vorgefundene Lebewesen.

Haller möchte die Mädchen ansprechen. Da sie sich immer noch untereinander beraten, findet er keinen Zugang. Er mag Kinder im Großen und Ganzen, lässt sich aber im Einzelnen nur zögernd auf sie ein. Er fürchtet sie ein wenig, ihre Unzuverlässigkeit. Sie platzen immer gleich aus allen Nähten – vor Vergnügen, vor Empörung, vor irgendetwas. Alte Menschen, stellt Haller für sich fest, stehen fassungslos vor dieser Verschwendung von Leben. Alte Menschen haben gelernt am Leben zu sparen. Sie trinken ein Gläschen, sie machen ein Nickerchen, sie haben ein Freudelein und ein bisschen Angst. Und täglich werden sie kleiner und weniger.

Die Frau am Buffet fragt nach Hallers Wünschen. Sie lächelt samtig, als verberge sie einen Kummer, mit dem sie seit Jahren lebt. Das ist es, denkt Haller, was sie so freundlich macht. Er lässt sich zum Kaffee zwei Stück Linzertorte geben, teilweise ihretwegen, um sie zu beschäftigen. Die Stücke kleben am Tortenpapier, sind nicht ganz unbeschädigt abzulösen. Haller, der im Begriff war, sich nach dem Namen der immer aufgeregteren Frau zu erkundigen, lässt es nun bleiben.

Die Linzertorte hatte, wie Haller erfährt, einen wichtigen Platz in Helens Familiengeschichte. Wenn ein Gast bei uns war, berichtet sie, dann bekam er alles, was einem Gast gehört: Geschirr und Besteck, Kaffee oder Tee und ein Stück selber gemachte Linzertorte. Und wenn der Gast alles hatte, auch die weiße Serviette, und zu essen anfing, zu trinken und dann zu rauchen, fingen wir an zu warten, die ganze Familie, bis er wieder ging. Wir sagten: Wohl bekomm's, und später: Nehmen Sie noch ein Stück? Möchten Sie noch eine Tasse? Und dann nichts mehr. Der Gast musste reden oder seine Frau, wenn eine solche dabei war. Die Frau berichtete über ihre eigenen Kuchen und Torten und über ihre Kinder, wenn sie Kinder hatte. Wir hörten zu und warteten, bis der Gast und seine Frau aufstanden und sich bedankten und wieder gingen. Ja, und dann waren wir alle froh, dass es vorbei war. Dass wir vollzählig waren. Keiner zu viel.

Keiner zu wenig, sagt Haller. Er erhält keine Antwort. Mit einer zitternden kleinen Gabel stochert er an seiner Linzertorte herum. Er sagt: Bei uns zuhause gab es keine Torten.

Bei uns schon. Helen beißt tief und sicher in das Tortenstück hinein, das sie mit beiden Händen festhält. Sie sagt, und spuckt dabei eine große Krume aus: Nächsten Freitag ist Tombola.

Haller hat die Torte mit der Gabel gesprengt, hat das Stück, das dabei auf den Tisch sprang, mit zwei Fingern auf den Teller zurückgeholt. Nein, sagt er, Fastnacht.

Und Helen: Fastnacht wollte ich sagen.

Den Rest der Torte kauen sie schweigend, mit tauglichen Gebissen.

Haller schaut über die Terrassenbrüstung hinab. Er braucht sich in seinem Stuhl nur aufzurichten, um zwischen einer Tanne und einem hohen Gebäude zehn Zentimeter See blinken zu sehen.

Das Gebäude ist das turmartige Eckhaus einer teilweise leer stehenden, teilweise als Lagerraum vermieteten ehemaligen Färberei, die Haller von seinen Morgenspaziergängen kennt. Seeseits steht die Fabrik auf einem gemauerten Sockel. Eine unbestimmte Vegetation, im Winter nicht zu unterscheiden vom porösen Stein, begleitet hier die Wasserlinie. Die graue Fassade, die nie auf Ausblick angelegt war, blickt jetzt gar nicht mehr. Die Fenster sind dick verstaubt, ihre Simse voll Vogelkot. Das Haus gehört auf dieser Seite eigentlich schon zum See, der ganz anderen Zone, in die Haller jeden Morgen hinausschaut, ohne viel zu denken. Die große unbewohnte Fläche dient ihm als eine Art Garantie. Wofür, wüsste er nicht zu sagen. Was immer auch passieren mag: Es gibt diesen See, diese nur mit Booten betretbare schimmernde Ausdehnung, leer am Morgen, nur manchmal strichweise von Vögeln besetzt.

Helen reibt über einen Fleck auf ihrer Hand, den sie schon eine ganze Weile betrachtet hat. Dass es ein Altersfleck ist, kann ihr nicht entgangen sein. Sie reibt vielleicht einfach so.

Wo war ich?, fragt Haller. Er meint den Faden des Gesprächs verloren zu haben.

Helen sieht nicht aus, als vermisse sie einen Faden. Sie streckt Haller eine Faust entgegen: Errate!

Nichts, sagt er.

Sie rümpft die Nase. Langsam öffnet sie die Faust, als wäre sie selber gespannt auf eine Entdeckung. Tatsächlich ist nichts darin als die entblößte Hand.

Mit dieser Lebenslinie kommst du nicht mehr weit, sagt Haller, indem er seinen Zeigefinger auf ihrer Handfläche hüpfen lässt.

Sie weiß es: Ich bin schon lange über das Ende hinaus.

Als Kind, sagt Haller später, als Kind hat man in den Himmel geschaut. Man ist auf dem Rücken gelegen, auf einer warm gebliebenen Mauer. Die Wolken waren noch beleuchtet, wenn alles Übrige bereits im Schatten lag.

Helen hat eine Hand über die andere gelegt, als wollte sie die Altersflecke verbergen. Doch die zweite Hand, das scheint ihr jetzt aufzufallen, hat diese Flecke auch.

Haller sinniert: Der Himmel ist bis heute geblieben, was er war, aber man ist heute kein Kind mehr.

Als Kind verlor ich meine roten Handschuhe, sagt Helen. Einen davon verlor ich, der andere blieb an der Hand. Den habe ich aufbewahrt. Ich dachte, der verlorene kommt eines Tages zurück, wird zurückgebracht.

Kam aber nicht, wurde nicht gebracht, sagt Haller.

Dann dachte ich, fährt Helen fort, ein aufbewahrter Handschuh findet einen verlorenen nicht so leicht, wie ein verlorener einen verlorenen findet. Also musste ich den zweiten auch verlieren. Und das tat ich dann.

Haller nickt: So war man als Kind.

Helen schaut ihn an, als hätte er etwas Ausgefallenes von sich gegeben, das sie nicht zu verstehen braucht. Ich konnte ihn nicht einfach am Straßenrand fallen lassen, sagt sie plötzlich sehr laut, ich musste ihn doch verlieren. Ich musste so tun, als merkte ich nicht, wie ich ihn fallen ließ.

Haller kommt ein verschossener blauer Tornister dazu in den Sinn und mit ihm drei, vier Bilder, alle verschossen, wie überbelichtet. An einer Böschung über dem Weg, der vom Hof der Großeltern in die Felder führte, war der Tornister gesehen worden. Wie jemand dazu kam, sein Gepäck zu vergessen, liegen zu lassen, auch später nicht mehr zu suchen, war unerklärlich. Als es zum zweiten Mal verregnet worden war, holte die Großmutter das Ding ins Haus. Sie löste die Deckelschnallen. Ihr Gesicht war, das sah man ihm an, auf Gestank gefasst. Sie beugte ihren Kopf über die Öffnung. Der Tornister enthielt eine feuchte Tuchjacke, eine feuchte handgestrickte Unterhose, feuchte Socken, Schnürsenkel und etwas Schnur, ein altes Militärmesser, ein schimmliges Brot und eine volle Flasche, die, stellte der Großvater schnuppernd fest, Obstschnaps enthielt. Diese Dinge standen und lagen versammelt auf dem Küchentisch unter der Lampe, Eckpunkte eines fremden Lebens, zu dem die Feuchtigkeit gehörte wie das Grün zum Gras.

Ich habe einen Menschen gekannt, wendet Haller sich Helen zu, der seinen Tornister vergessen oder verloren hat. Das heißt, ich habe ihn nicht gekannt, nur seinen verschossenen blauen Tornister. Ich habe früher viel an diesen Menschen gedacht und habe bei dem Gedanken immer den leeren, geraden, staubigen Feldweg vor mir gehabt, immer dasselbe Stück Weg, auf dem er weitergegangen sein muss.

Haller nimmt einen großen Schluck Luft, fast mehr als die Lunge fassen kann. Der Gedanke, sagt er, enthielt weiter nichts als diesen Weg.

Helen hat angefangen, ihre gefleckten Hände abwechslungsweise zu bedecken und als Deckel zu benützen. Das Hin und Her beschäftigt sie jetzt ganz.

Haller fragt: Was hast du gesagt?

Geplagt, genagt, reimt Helen wie im Schlaf.

Haller verharrt mit angehaltener Luft. Dann atmet er aus, bevor er verstanden hat.

Helen sagt: Mein Vater nannte mich Petit pain.

Brötchen, übersetzt Haller.

Nein, Petit pain. Er war aus Lausanne und wollte dahin zurück, sein Leben lang. Meine Mutter war aus Andelfingen.

Haller ergänzt: An der Thur. Andelfingen liegt an der Thur.

Seit wann?, fragt Helen.

Als Kind, sagt Haller, als Kind hat man nicht gedacht, dass man einmal alt werden würde. Die Alten waren damals alt, als wären sie es immer schon gewesen. Als Kind hat man nicht gemerkt, wie jung man selber war. Die Geburt lag so weit zurück, man konnte sich nicht an sie erinnern. Man war sozusagen immer schon da. Haller denkt an die Kleider, die er damals trug, den Körper, der in diesen Kleidern enthalten war. Die Strümpfe damals ließen auf der Innenseite der Schenkel ein halbmondförmiges Stück Haut frei.

Haller sieht Helens schattiges, zur Brust gesenktes Profil vor dem hellen Schneewall. Er stellt sich vor, wie seine Gedanken über Kinder und Alte jetzt in ihrem Kopf unterwegs sind. Aus dem geöffneten Wintergarten drängen die Stimmen der exotischen Vögel an die Luft. Angeregt, aufgeregt vom Glanz des Tages.

Helens Kopf sinkt tiefer. Sie ist eingeschlafen. Im ersten Moment kommt Haller sich betrogen vor. Als verstoße ihr Schlaf, verstoße jede Form ihrer Abwesenheit gegen etwas, gegen eine Vereinbarung.

Ihr Anblick macht ihn nicht schläfrig, im Gegenteil. Er denkt an das Aquarium, das jetzt bei Stracks Schwester steht. Er denkt an das Wort „träumende Kiste", das er in einem Reisebericht gelesen hat. Es ging um eine ferne Insel. Ihr Name, er klang wie ein Frauenname, ist ihm entfallen. Die Eroberung jenes Territoriums im Stillen oder Indischen Ozean blieb, wenn er richtig verstanden hatte, ohne Folgen für das Innere des Landes. Man kannte den Eroberer dort nur als Briefmarkenmotiv, ein abgehauener Kopf, oder aus dem Fernseher, den man im Inneren heute noch „träumende Kiste" nennt.

Die Sonne scheint so hell, dass Haller nicht viel anderes mehr sieht als ihr Licht, dass er die Augen zwischendurch schließen muss. Träumende Kiste, spricht es in seinem warmen Kopf. Die Schirmmütze hat er im Zimmer bereitgelegt, aber nicht mitgenommen. Sie fehlt ihm. Haller denkt an den fehlenden Namen der Insel, dann an den fehlenden Knopf von Helens Jacke. Er weiß nicht recht, was er überhaupt denken soll, wenn Helen nicht da ist. Dass auf alten Karten Inseln eingetragen waren, die es gar nicht gab? Haller versetzt sich in die Lage des Kapitäns, der mit einer solchen Insel rechnet. Während einer Flaute ist ihm das Wasser in den Fässern verfault. Wo die Insel liegen müsste, findet er aber nur ein Stück Meer, genauso lang, genauso breit wie das fehlende Land, nur etwas flacher.

Die Rufe der Überseevögel sind so unglaubwürdig wie ihr buntes Gefieder. Das hat Haller gedacht, als er hier neu war. Ihre Namen, das denkt er heute, sind wie gemacht, um verdreht, verwechselt, vergessen zu werden.

Nein! Helen flüstert im Traum oder Halbtraum und ruckt mit dem Kopf. An einem zweiten, schärferen Nein erwacht sie.

Haller fragt: Hast du geträumt?

Nein.

Ich schon. Ein Traum der vergangenen Nacht ist ihm eingefallen. Ich hatte das Turnzeug vergessen, sagt er. Fräulein Gut, die Lehrerin, schickte mich nach Hause, es zu holen. Wir wohnten gleich um die Ecke. Ich rannte. Der Weg war viel weiter oder wurde viel weiter, als er hätte sein sollen. Und ich war auch allmählich nicht mehr in Albisrieden, sondern in Oerlikon. Und auf einmal – oder eben nicht auf einmal, sondern nach und nach – wusste ich nicht mehr, wo ich zuhause war. Alles glich sich und alles sah anders aus, als es hätte aussehen müssen, die Häuser, die Türen, die Vorgärten –

Und dann?, fragt Helen.

Haller versucht sich zu erinnern.

Deine Frau, sagt Helen, war doch aus Oerlikon.

Haller schüttelt den Kopf.

Helen wiederholt: Aus Oerlikon. Und dann befiehlt sie: Erzähl von deiner Frau.

Was willst du wissen? Hast sie ja gekannt.

Nein. Helen blinzelt. Ihr Blick bleibt ruhig dabei. Sie schaut zwischen ihren Lidern hindurch wie zwischen den Lamellen einer Jalousie.

Maja, sagt Haller. Ich kann dir sagen, wie der Verschluss ihrer Handtasche klickte, falls es das ist, was du wissen willst. Nämlich so, als entstände das Klicken unter den Händen einer anderen, fremden Frau, einer

Engländerin, einer Holländerin, einer Isländerin. Haller fügt mit Pausen ein Wort ans andere: Lappländerin, Grönländerin, Estländerin, Neuseeländerin. Er stockt.

Helen hilft nach: Ausländerin.

Sie war aus Birmensdorf, sagt Haller. Und später: Eine bemerkenswerte, eine besondere Frau, eine wunderbare vermutlich. Nachträglich lässt sich das nun nicht mehr überprüfen.

In diesem Augenblick meint Haller aus heiterem Himmel einen Kuss zu spüren, zwei frische bewegliche Lippen, süß, fast essbar, die zweifellos das Wirklichste, Unglaublichste sind, was es gibt. Er lacht. Seine Glieder fühlen sich an wie nach einem Schreck. Von seinem kurzen Lachen bleibt ein Lächeln übrig, das minutenlang anhält.

Maja hätte mich gern anders gehabt, als ich war, sagt er, und ich selber hatte nichts gegen solche Verbesserungen. Worum es damals ging, weiß ich nicht mehr genau. Um dies und das. Irgendwie gelang es mir selten, anders zu sein. Ich verpasste den richtigen Augenblick. Wenn ich nach Hause kam, war sie verstummt und später, beim Geschirrspülen, weinte sie. Es ging um Pünktlichkeit. Ich wäre gern pünktlich gewesen. Dann aber dachte ich nicht mehr daran, bis es wieder zu spät war. Maja war überzeugt: Wenn ich sie wirklich lieben würde, käme ich immer zur Zeit. Verstehe dich nicht, sagte sie, verstehe dich nicht. Ich versuchte ihr klar zu machen, dass ich sie auch mit Verspätungen liebte. So oder so: An diesen Abenden gab es nichts, womit ich sie versöhnen konnte. Für alles war es viel zu spät. Ich ging mit dem Hund hinaus.

Helen lacht oder hustet. Haller wartet, bis der Lärm vorbei ist. Doch der Husten geht in einen Schluckauf über, war vielleicht von Anfang an nichts anderes als ein Schluckauf.

Haller erzählt: Wir hatten in Oerlikon eine Nachbarin.

In Oerlikon?, fragt Helen.

Frau Lüscher, Lili Lüscher. Sie war, wie soll ich sagen, wie ein welker Kopfsalat. Sie hatte Angst vor unserem Hund, der an ihren Beinen schnupperte, der, wenn er einmal angefangen hatte, fast nicht mehr von diesen Beinen wegzubringen war. Einmal hatte die Frau einen Schluckauf, fünfzehn Stunden, ohne Übertreibung: von elf Uhr nachts bis – weit in den folgenden Tag hinein.

Helen schluckst. Es sieht aus, als würde sie heftig nicken.

Maja plauderte mit ihr am Zaun, zwischen den Johannisbeeren, fährt Haller fort, über Schnittmuster und Kleiderstoffe. Ihr Mann war bei der Polizei. Das Fahrrad, mit dem er zur Arbeit fuhr, quietschte unter seinem Körper. Mit den Absätzen – Helen schluckst – , mit den Absätzen seiner Polizistenstiefel drückte er auf die Pedale, als müsste er sie in den Asphalt treten.

Haller erzählt von einem dummen und bleichen

Kind, das diese Lüschers hatten, das mit Elvira zur Schule ging. Dann und wann kam es herüber, um sich bei den Schulaufgaben helfen zu lassen. Einmal pinkelte das Polizistenkind, im Spiel oder so, mitten auf Hallers Stubenteppich. Der nasse Fleck, den es hinterließ, war vollkommen rund.

Haller macht eine Pause. Dann fällt ihm – wie angestoßen von einem neuen Schluckser – auch der Name des Kindes ein: Rosemarie.

Wenn Haller sich an die welke Nachbarin erinnert, steht sie nah vor ihm, in einem selbst geschneiderten ärmellosen Kleid, viel näher, als sie damals je vor ihm gestanden hat.

Wenn diese Frau ihn anschaute, diese Frau Lüscher, war es Haller, als müsste sie gerettet werden; wenn sie ihn nicht anschaute, den Blick vor ihm verbarg, wurde das Gefühl noch dringender. Haller dachte unaufhörlich daran, sie zu entführen, in ein kleines Hotel, in dem beide, so stellte er sich das vor, durch und durch verregnet ankommen würden. Er war verrückt nach ihr, nach ihrer Ratlosigkeit, nach ihren bloßen, an den Hüften herabhängenden Armen, die ein Nest von langem Achselhaar verbargen, nach ihrer hastigen Stimme, die jedes Wort nur provisorisch aussprach.

Ja, sagt Helen, bei Regen ist es am schönsten. Der anschließende Schluckser wirkt wie eine Bekräftigung.

Haller hört der hastigen Stimme der ehemaligen Nachbarin zu und beginnt zu zweifeln, ob es tatsächlich die ehemalige Nachbarin war, die so sprach. Doch wenn nicht sie, wer sonst. Eine andere Frau. Und wenn eine andere, welche. Haller traut es seiner Erinnerung zu, wünscht es sich sogar, dass sie ihn zu einer Unbekannten führt, die er höchstens flüchtig gehört hat, einmal, aus einer Gruppe von jungen Müttern heraus beispielsweise, die von ihren Kindern erzählten, oder auf einem Bahnhof, im Lautsprecherlärm, als sie zu einem Schalterbeamten sprach. Eine andere, denkt er, sagt er schon fast. Und damit steht sie vor ihm, diese „Andere", im Dunkeln, so dicht, dass ihr Atem zu spüren und zu riechen wäre, wenn sie atmen würde. Sie hält aber, wie jemand, der sich nicht verraten möchte, die Luft an, und Haller tut es auch.

Er schweigt. Helens Blick geht an ihm vorbei. Sie schluckst, als wäre Schlucksen eine ernst zu nehmende Tätigkeit. Haller schaut ihr zu. Wenn eine der kurzen Erschütterungen vorbei ist, wartet er auf die nächste. Unvermutet hört er sich schnauben: Schluss damit!

Helen wendet kaum den Kopf, lässt sich nicht stören.

Haller holt Luft. Er packt ihre Hand, die sich unter der seinen duckt. Er wird ruhiger.

Sie schluckst.

Keiner ihrer Schluckser klingt, denkt Haller, als sei es der letzte. Jeder klingt, als kündige er einen nächsten an. Und dieser einen übernächsten, und so fort.

Ein Schneeball trifft ihn am Knie. Eines der Mädchen, der Urenkelinnen, läuft mit einem erschrockenen Kichern in die Cafeteria zurück. Bevor Helen sich nach ihr umgedreht hat, ist sie weg.

Das war vielleicht ein Wurf, Herr Koller!, ruft die Praktikantin herüber. Haller sieht, dass die Frau, die sicher zu denen gehört, die nicht Fräulein genannt werden wollen, mit ihrem Schreibzeug im Freien sitzt. Sie lacht. Haller kommt nicht dazu, ihr seinen richtigen Namen beizubringen.

Helen verzieht das Gesicht, das ihr nun überhaupt nicht mehr gleicht, das mehr und mehr etwas Eskimohaftes annimmt. Haller weiß nicht, ob sie ebenfalls lacht oder ob nur der Schnee sie blendet, aber er merkt auf einmal: Sie schluckst nicht mehr.

Koller, sagt Haller nach einer Weile.

Keller? Gibt's hier nicht, sagt Helen.

Kol-ler.

Gibt's hier auch nicht.

Ich werde also mit einem Menschen verwechselt, den es womöglich nicht gibt.

Helen sagt, immer noch eskimohaft, aber mit ihren eigenen, fein gefälteten feuchten Lippen: Als Kind war ich überzeugt, ich sei vertauscht worden, meine wirkliche Mutter sei ganz anders und mein Vater auch.

Alle Kinder sind überzeugt, dass sie vertauscht worden sind, behauptet Haller. Und vielleicht haben sie Recht. Wir alle sind vertauscht. So ist es doch. Haller hat den Punkt erreicht, an dem alles Grübeln zur Ruhe kommt. So ist es doch. Er seufzt befreit.

Helen nickt leicht und lange.

Einer Frau, sagt Haller, hat man die Zwillinge weggenommen, die neu geborenen, und hat ihr dafür zwei junge Hunde ins Bett gelegt. Ihr Mann sollte glauben, sie habe die Hunde zur Welt gebracht. Und er glaubte es.

Und die Frau, die glaubte es auch?

Sie wusste nicht mehr, was sie glauben sollte.

Und die Hebamme?

Von einer Hebamme hat Haller nichts gehört.

Das ist entweder Quatsch, stellt Helen fest, oder ein Märchen.

Haller schämt sich ein wenig. Er sagt: Sogar im Märchen werden die Kinder vertauscht, so weit sind wir schon.

Der Tausch geschieht, denkt er, in sehr jungen Jahren. Später müsste man es ja merken, wenn ein solcher Versuch mit einem unternommen würde. Wenn man weggelockt würde an einen fremden Ort, wo man zu einer Unbekannten „Hallo, Mama", zu einem Unbekannten „Hallo, Papa" zu sagen hätte. Und käme es einem in den Sinn, von früher, aus der Zeit vor dem Tausch zu erzählen, würde man von Mama und Papa ratlos angeschaut. Allmählich würde einem auf diese Weise eine neue Vergangenheit beigebracht, die sich schließlich genauso maßgeschneidert ausnähme und die im Alter genauso ringsherum zu schlottern anfinge wie die erste Vergangenheit.

Haller bewahrt die Schriftstücke, die seinen Lebensstationen entsprechen, in einer mit Gummibändern verschließbaren Mappe auf. Einmal hat er die Papiere – versuchsweise, wie er zu sich selber sagte – auf seinem Bett ausgelegt. In zwei Reihen ließ sich alles unterbringen. Auf dem Kissen der Geburts- und der Taufschein, auf der Decke, hinten, von links nach rechts, zwei Volksschulzeugnisse in verschiedenfarbigen Schutzumschlägen, ein Lehrvertrag, in dem, mit Redisfeder geschrieben, „Elektriker" steht, ein Dienstbüchlein der Schweizer Armee, ein Anstellungsvertrag des Elektrizitätswerks der Stadt Zürich; in der vorderen Reihe dann der Eheschein, ein Leumundszeugnis, der Anstellungsvertrag der Schweizer Radiogesellschaft und ein Zeitungs-Interview, das Haller als Dokumentaristen des Radio-Tonarchivs präsentierte. Ein Bild, vom groben Raster etwas entstellt, zeigt das Gesicht eines rechtschaffenen Fünfzigjährigen vor dunklen Schränken oder Gestellen. Für den Totenschein, der die Sammlung vollständig machen wird, hatte Haller am Fußende des Bettes einen Platz ausgespart. Die Hände auf dem Rücken stand er vor seiner Auslage. Er schritt die Stationen ab, nickte jeder einzelnen bestätigend zu. Und das war's dann. Er hatte sich von einem Überblick nicht viel versprochen, aber doch etwas mehr, eine Aufmunterung des Gedächtnisses vielleicht, etwas jedenfalls, das sich nicht ergab.

Majas Dokumente sind komplett. Wenn man absieht vom Ehschein, der ja für zwei Personen bloß einmal ausgestellt wird. Ihre Schriften liegen in chronologischer Reihenfolge in einer schönen, mit blauen Tulpen bedruckten Schachtel, die auch den Ehering enthält. Der Deckel ist mit einem linierten Adress-Etikett versehen. Beschriftet ist nur die oberste Linie: Maja Haller-Sturzenegger.

Wenige Monate vor Majas Tod hat Haller seinen Ehering verstärken lassen. Im über fünfzigjährigen Gebrauch war er so dünn geworden, dass er sich bei jeder gröberen Hantierung verbog. Haller musste damit rechnen, bald Witwer zu sein, und es war zweifelhaft, ob eine solche Reparatur sich noch lohnte. Um sich auf die Seite der Zuversicht zu stellen, gab Haller schließlich doch den Auftrag dazu.

Eigentlich müsste er pinkeln gehen, geht aber nicht. Als könnte er etwas verpassen. Und das kann er ja auch. Nichts Besonderes, wohl aber das Gewöhnliche, das sich heute gut anlässt.

Ich habe von einem Tier geträumt, sagt Helen. Ihre Lippen sehen aus, als wollten sie eine Schnauze bilden.

Was für ein Tier?

Einfach ein Tier.

Und?

Es war in meinem Traum. Sie zeigt mit dem Zeigefinger darauf. Ich konnte seine Nase berühren.

Als Kind ging Haller oft erst dann aufs Klo, wenn er

schon Bauchweh hatte. Er wollte möglichst lange nicht fort von den Spielkameraden, vom Spiel, das im Gang war, oder vom Buch, in dem er las, in dem er sich regelmäßig verlor wie in einem Wald, in einer Steppe, in einer Stadt.

Als Kind, sagt er und steht dabei auf und vergisst, was er mit diesem Anfang vorgehabt hat. Ich muss schnell, entschuldigt er sich.

Helen hebt den Kopf und schaut ihm nach. Die Hand, die ihr Kinn gehalten hat, verharrt als leere Schale über dem aufgestützten Arm. Helen behält den Blick und die Stellung der offenen Hand wie eine Verzauberte. Es ist der Alltagszauber, Allstundenzauber, der sie zwischendurch berührt, der ihr Gesicht glatt werden lässt und wohl auch ihre Gedanken, falls es dann solche noch gibt.

Haller, geblendet und ohne die Brille, hat den Weg zurückgefunden – auf die Terrasse, zu seinem Stuhl, zum Tisch mit dem Brillenetui darauf. Er hat sich gesetzt und betrachtet Helen nun durch die Gläser. Sie lächelt, scheint ihr Gesicht für ihn ein wenig zurechtzumachen.

Du bist noch ein richtiger Vorkriegsmensch, schnauft er.

Das Wort „damals" geht und dreht ihm im Kopf herum. „Damals" bedeutet: während dem Krieg, während dem Dienst. Zum abendlichen Hauptverlesen waren immer auch Kinder hergelaufen, hatten sich auf die Schulhaustreppe gesetzt. Die Väter dieser Kinder standen ähnlich aufgereiht, aber anderswo, auf anderen Schulhausplätzen. Man rief Hier! und Gut! Und wenn ein Vorgesetzter auf einen zeigte oder wenn er einen mit Sie da! ansprach, rief man den militärischen Grad des Betreffenden, gefolgt vom eigenen Grad und seinem Namen. Herr Leutnant, Pionier Haller, schrie man damals ins drei Meter entfernte Offiziersgesicht, das im Schatten der Schirmmütze nicht zu erkennen war. Ein Grinsen gehörte manchmal dazu. Auch zwei Bauernmädchen, die auf Fahrrädern saßen, ein Bein auf eine Bordkante gestützt. Und das Starren auf ihre Hinterteile. Eine Dritte schwenkte herbei. Sie machte die Runde mit illustrierten Zeitschriften, die sie in die Häuser verteilte. „Das gelbe Heft", „Blatt für alle", „Leben und Glauben". Mit dem Abonnement dieser Hefte war eine

Lebens- und Unfallversicherung verbunden, ein Trost für die Bäuerin, wenn der Bauer eine Hand in die Holzfräse gehalten hatte oder vom Heustock oder Kirschbaum gestürzt oder von einer fallenden Tanne erschlagen worden war. Es gab Kriegsware damals und Vorkriegsware. Mit Vorkriegsware waren Stühle gemeint, auf denen man noch sitzen konnte, Mützen, die noch auf die Köpfe passten, Gabeln, die sich nicht verbogen.

Ein richtiger Vorkriegsmensch, wiederholt Haller. Das heißt: Qualität. Kriegsmenschen nützen sich leichter ab, Nachkriegsmenschen wohl auch.

Helen hat ihre Hände zwischen den Schenkeln und blickt auf ihre Knie. Sie schläft nicht. Haller hat sich davon überzeugt.

Damals gab es Seifenschalen aus Bakelit, Rationierungsmarken, Seidenstrümpfe, sagt er später. Und Autos zum Herstellen von Staubwolken auf den Überlandstraßen. Die Zahnpasta hieß Kolynos. Er sieht Bilder wie aus einer alten Kino-Wochenschau. Menschen in langen Kolonnen treten Wege in den nassen Schnee. In dunklen Mänteln, in Stadtschuhen, Stadthüten, mit Koffern, als wären sie nur gerade zu einem nahen Bahnhof unterwegs. Hinter ihnen, in der Farbe der Kolonnen, bleiben die Wege im Schnee zurück. Haller hört, von einem schlechten Lautsprecher entstellt, Takte eines militärischen Marsches – in seinem Kopf und dann auch aus dem kleinen Radio einer Pensionärin, die das Kästchen wie ein Haustier hält. Deutlich ist das Blecherne der Blechmusik.

Flüchtlinge, sagt Haller. Für ihn gehört auch dieses Wort zu damals. Sie waren schlecht genährt, das wusste man, ohne die vorstehenden Rippen zu sehen, die man hätte zählen können, oder die Falten, die auch die kleinen Kinder hatten, als wären sie im Altersheim geboren. Nie ist es unsereinem eingefallen, denkt Haller, seine Rippen zu zählen. Man weiß nicht, wie viele man hat.

Dann war der Krieg aus, und man fragte sich, was an seine Stelle treten würde. Der Nachrichtensprecher, der Bürgisser hieß, sprach vom Frieden. Ein andächtiges Wort, das irgendwie für alles stand, was fehlte.

Helen zeigt auf Hallers Hose. Sie lacht. Haller tastet verwirrt am offenen Schlitz herum. Er zieht am stockenden Reißverschluss, flüstert: wenn du gestattest, und steht auf, um ihn zu schließen. Es gibt, sagt er dann laut, zweierlei ältere Männer, nämlich solche, die den Hosenschlitz aus Zerstreutheit offen lassen, und solche, die es aus praktischen Gründen, aus Bequemlichkeit tun. Weißt du, zu welcher Sorte ich gehöre?

Entweder-oder-Fragen sind nicht Helens Sache. Bequem ist angenehm, antwortet sie. Je nachdem.

Haller lacht. Er genießt den kleinen Taumel, den ihre unberechenbare Nähe entstehen lässt. Dazu kommt das heutige Licht. Haller holt Atem. Es gibt ein Schneeglück, denkt er. Das Wort stößt von innen an seine Stirn. Er wiederholt es, als wollte er es auswendig lernen.

Stör ich, sagt Ruth und entfaltet im Vorübergehen eine Decke, die für Helens Beine bestimmt ist. Es wird kühl, Frau Roux.

Es gibt ein Schneeglück, ein unvergleichliches. Es gibt ein Liebesglück, ein unvergleichliches. Und es gibt ein Luftglück. So hat Haller einmal einen Zustand genannt, der ihn 1. ganz umgab, der ihm 2. die Lungen füllte, der 3. durchsichtig und 4. nicht zu fassen war. Ich glaube, erklärt er, ich glaube an das Glück.

Helen schaut ihn an. Sie scheint nicht zu verstehen, was es beim Glück zu glauben gibt. Ihre Hände liegen auf der Decke, als hätte sie sie nur aus Gehorsam so hinplatziert. Glück am Stück, sagt sie.

Leise und dicht an Helens Ohr summt und sagt Haller: Wenn wir miteinander vögeln würden.

Auf ihrem Gesicht entsteht ein Lächeln. Sie dreht nur die Augen in seiner Richtung.

Die Blechmusik aus dem kleinen Radio brüllt auf, macht ein paar laute Takte und bricht ab. Offenbar wurde der Lautstärkeregler auf die falsche Seite gedreht, der Apparat im Schreck dann ausgeschaltet. Die Besitzerin des Radios hat einen ähnlichen Namen wie ein

Berg im Tösstal. Haller ist vorübergehend sogar der Name des Berges, die Gedächtnisstütze, entfallen.

Das Leben ist ein Seich!, stößt Helen mit gestrecktem Hals aus sich heraus. Sie weint. Das Tränenwasser läuft ihr aus beiden Augen über die traurig verzogene Haut. Das Leben ist ein Seich! Sie zeigt dabei auf ihre Tränen, als könnten die etwas belegen oder beweisen, was das Leben betrifft.

Haller greift nach ihrer Hand. Er findet eine kleine steinerne Faust, die ganz allmählich flacher wird, das spürt er, und ganz allmählich entsteht bei ihm ein dunkles Einverständnis. Man hätte, weiß Gott, sagt er, man hätte etwas Besseres verdient. Man hat gelernt und dazugelernt. Und vieles, dachte man, kann man für immer. Das Öffnen und Schließen des Hosenschlitzes etwa. Und dann, von einem Tag auf den anderen, verlernt man es. Allerdings nur das Schließen. Und zwischen Öffnen und Schließen pinkelt man und meint, das geht nun unterdessen aus dem Effeff. Dann aber steht man vor der Schüssel und tröpfelt bloß. Ein anderer käme sich verloren vor.

Mit trübseligem Vergnügen denkt Haller an eine Formulierung, die im Schulaufsatz „Gedanken eines alten Mannes" zu lesen ist: Man hat so lange gelernt und ist noch immer kein Virtuose. Zeitweise war man der erste Geiger des Orchesters, dann der zweite, dann irgendeiner, der nicht sicher ist, ob er noch mitspielt.

Strack war ein Virtuose. Er schon. Spielte Musette und Tango. Haller denkt an seine letzten Tage im Spital. Wenn der Freund aus dem Schmerzmittelschlummer erwachte, fragte er immer zuerst nach den Fischen und erklärte jedes Mal, wo das beste, in größeren Mengen bedeutend billigere Futter erhältlich war. Er wollte wissen, wie es den Fischen ging.

Gut, sagte Haller. Wie beurteilt man das Befinden dieser Tiere? Wenn sie reglos an der Oberfläche liegen, geht es ihnen schlecht. Gut ist alles übrige. Haller hatte die Wohnung gelüftet. Der Kühlschrank war aufgetaut. Der Thermostat im Wohnzimmer wies auf 10 Grad. Das Fotoalbum mit den Bildern der Neuseeländerin stand an seinem Platz neben dem Guinness-Buch der Rekorde aus den Sechzigerjahren, auf das Strack sich kürzlich noch bezogen hatte. In der Whiskyflasche reichte die Flüssigkeit noch fast bis zur Mitte des Etiketts.

Und wie geht es *dir*, fragte Haller, du alter Hornochs?

Stracks Antwort war ein Zucken mit dem Mund und ein Achselzucken oder etwas Ähnliches, das, weil er lag, nur den Kopf leicht aufgestützt hatte, nicht gut gelang, sich jedenfalls merkwürdig ausnahm. Strack schaute geradeaus und Haller schwieg. Einmal sagte er, und meinte es ermutigend: Deine Ohren sind gewachsen. Aus dem tiefen Stuhl heraus sah er nicht viel anderes als ein großes Ohr.

Strack behauptete, er müsse, seit er im Spital sei, fast täglich Fenchel essen. Fenchel „einnehmen", so hatte er sich ausgedrückt. Als Haller einwandte, er werde doch regelmäßig nach seinen Wünschen gefragt, schüttelte er eine Weile mit kleinen Unterbrechungen seinen Kopf. Ich habe keine Fenchel gewünscht, sagte er mit einer Geste, die fünf unverletzte, jünglingshafte Finger sehen ließ. Auch die durch zwei Infusionsschläuche behinderte andere Hand kam dabei in Bewegung. Haller beschloss, eine große Salami zu kaufen, eine „Citterio", die er beim nächsten Besuch anschneiden konnte.

Der Kranke beschäftigte sich mit wechselnden kleinen Sorgen. Als die Zeitung einmal nicht bei der täglichen Post war, fürchtete er, sie bleibe weiterhin aus, und das hieß vielleicht für immer. Dabei schlug er die großen Blätter nur noch irgendwo auf, breitete sie über die Decke, ohne darin zu lesen.

Eine letzte, größere Furcht war die vor dem Krematorium. Käthi, seine Schwester, die an manchen Abenden dazukam, schlug Strack eine Erdbestattung vor. Er war sehr erleichtert. Er blickte auf einmal geradezu munter aus dem Kissen heraus.

Willi sei da gewesen, berichtete er. Haller erriet: Er sprach von seinem Kollegen, dem stolpernden Gitarristen. Haller wartete auf den Satz: Er machte alles falsch, der zum Thema Willi gehörte, und den Seufzer: Trauriges Kapitel. Doch im Moment kam gar nichts mehr.

Strack, aufgeweicht bis in die Knochen, bis ins innerste Gemüt. Nur die Betttücher und das Pyjama schienen ihn noch zusammenzuhalten. Das war der Stand der Dinge am übernächsten Tag. Haller war ins Zimmer getreten, hatte gegrüßt und wartete nun darauf, dass der Kranke ihn einlud: Setz dich doch. So hatten sie es bisher gehalten. Er stand neben dem Bett, und der Kranke lag. Neu war, dass Haller stehen blieb.

Magst du Beerdigungen?, fragt Helen.

Haller verharrt mit offenem Mund. Sehr langsam schließt er ihn wieder.

Ich auch nicht, sagt Helen.

Mein Platz im Leben, hatte Strack einmal erklärt, ist ein Stehplatz. Dieser Gedanke schien ihn aufzurichten. Sie standen an einer Theke. Stracks Blick ging immer wieder zu seinem dunklen, von Flaschen halb verdeckten Spiegelbild. Nur ein Stehplatz, sagte er, aber ich bin dabei.

Haller also stand neben seinem Bett. Offenbar hatte Strack ihn nicht hereinkommen sehen, hatte sich weggedreht oder hatte bereits, als Haller hereinkam, zur anderen Seite geschaut, zum Fenster hin. Wie auch immer: Haller merkte erst jetzt, dass es ja Stracks Hinterkopf war, den er vor sich hatte, den dünn gewordenen Nacken im weiten Kragen des Pyjamas. Strack schien weder zu schlafen noch wach zu sein. Seine Rückseite schaute den Besucher an. Soweit eine Rückseite überhaupt schauen kann: ungeübt, aber ohne Blinzeln. Die Haare am Hinterkopf lagen schräg und flach wie Gras nach der Schneeschmelze an einem Tag im März, in einem der vielen Märze eines langen Lebens. Im Rückblick, merkt Haller, haben sich alle Märze einander längst angeglichen: März 1917, März 1918, März 1919, März 1920, März 1921 und so weiter. Ein trauriges Défilé. Das Gedächtnis, dachte Haller, stellt Uniformen her. Eine Erkenntnis, die in Janine Staufers „Gedanken"-Sammlung unterzubringen wäre. Der März des Jahres 1938 muss eine Ausnahme gewesen sein: der erste März mit Maja. Märzenflecken auf ihrer Nase, Märzenglöckchen in ihrer Hand.

Um den Kranken auf sich aufmerksam zu machen, räusperte Haller sich. Er hustete. Damit aber weckte er nur den jungen Menschen im Nachbarbett, der mit komisch emporgerecktem Kinn geschlafen hatte. Haller trug den Besucherstuhl auf die Fensterseite des Bettes. Er setzte sich. Strack hatte die Augen zu. Das Liegen schien für diesen Kopf auf diesem Kissen nicht ganz das Richtige zu sein, nur gerade das Bestmögliche in schlechten Zeiten.

Da es nichts zu tun gab, dachte Haller über das Leben nach. Er kam zu dem Schluss, dass das Leben löcherig ist. Der Gedanke war nicht neu, und das war vielleicht das Traurigste an ihm.

Mit dem Gefühl, etwas Ungehöriges zu tun, betrachtete Haller das dunkle, vom Liegen schiefe Gesicht des Freundes. Die feuchte Oberfläche seines Auges blinkte im schmalen Lidspalt.

Haller wandte sich ab. Er stellte sich ans Fenster, schaute hinunter auf die Parkfelderreihen, grübelte über verschiedene Arten der Bewirtschaftung von Parzellen nach, kam auf Gartenbeete, Baumschulen, Treibhäuser, Zuchtkästen für Champignons, Forellenbecken, Hühnergehege und die verschiebbaren Gitterwerke für Kücken oder Kaninchen, die auf der Wiese kahl gefressene Rechtecke hinterließen. Auf Gräber kam er auch.

Strack, dachte Haller, hat Pilzplätze gekannt. So nannte er bestimmte Stellen im Wald, am Waldrand, in der Wiese, an denen er mehrmals Pilze gefunden hatte, wo es aber fast nie Pilze gab, wenn Haller dabei war. Man kam zu früh dahin oder zu spät oder im falschen Jahr.

Haller dachte an Willi, der alles falsch macht. Dass er noch lebte, musste demnach auch falsch sein. Haller hatte nie Genaueres über den Mann erfahren. Er wollte sich nach ihm erkundigen. Da der Moment nicht günstig war, stellte er sich einstweilen vor, was man im Leben alles falsch machen kann.

Man fängt mit einer Steißlage an. Man heiratet die falsche Frau und hat dann die falschen Kinder. Man verwechselt Zucker mit Salz, und nachts verpasst man den letzten Zug, den man auf dem falschen Bahnsteig erwartet hat.

Unten auf dem Parkplatz drehte ein Auto herein, dann fuhr ein anderes weg. Haller wunderte sich, dass es möglich war, einen Wagen so zu lenken, dass andere dabei nicht gleich beschädigt wurden, dass man fast immer in eine Lücke traf.

Weißt du, wie lange ich nicht mehr Auto fahre, Helen?, fragt er.
 Sieben Jahre.
 Richtig. Woher weißt du das?
 Du fragst mich jeden Tag. Und jeden Tag sage ich: Sieben Jahre.
 Bald sind es acht, präzisiert Haller. Er spürt das Vergehen der Zeit. Er braucht bloß darauf zu achten. Etwas rieselt aus ihm heraus und unter ihm weg. Die Schwäche, die zurückbleibt, ist tief und schön. Das Bild der Sanduhr: Oben ein Tal, unten ein Berg. Also, schließt Haller, gibt es einen Ort, wo alles Zerrinnende hinrinnt.

Vor ein paar Jahren, sagt er, hat Strack noch täglich seine fünfundzwanzig Liegestütze gemacht, darunter zehn einarmige, fünf links, fünf rechts.
 Helen lacht.
 Einen langen Augenblick lang regen beide sich nicht

mehr. Schmelzwasser fällt in dicken Tropfen von einem Sims in ein mit runden Steinen besetztes Beet an der Fensterfront.

Wir hätten, weiß Gott, wir hätten alle etwas Besseres verdient, sagt Haller. Wir haben uns so viel Mühe gegeben. Wir haben korrigiert, was wir konnten, an den Umständen, an uns selber, und was wir nicht konnten, das nahmen wir uns für später vor, das wollten wir dereinst umso gründlicher – das wollten wir, weiß Gott. Wir haben unsere Wohnung frisch gestrichen, wir haben den tropfenden Wasserhahn mit einer neuen Dichtung versehen, wir haben den Abfluss entstopft, den Teppichrand festgenagelt, über den wir gestolpert sind, das zerrissene Sonnendach ersetzt und eine Pfanne gekauft, in der nichts mehr anbrennt. Wir haben unsere Zähne von Jahr zu Jahr gründlicher geputzt und unsere Wäsche von Jahr zu Jahr rascher gewechselt, wir haben unsere Kenntnisse, die botanischen, die zoologischen, laufend erweitert, haben verschiedene Ginstersorten unterscheiden gelernt, nämlich – Haller wartet, bis sich die Sorten in seinem Gedächtnis versammelt haben. Dann fährt er fort: den Besenginster, den Deutschen Ginster, den Spanischen Ginster oder Pfriemenginster, den Stechginster und den Färberginster. Und wir können die gängigen Hummelarten auseinander halten, nämlich – die Wiesenhummel, die Steinhummel, die Ackerhummel, die Erdhummel und die in den Nestern der Erdhummel lebende Dings – Haller hält den Atem an –, die Gemeine Schmarotzerhummel. Wer gibt sich eine solche Mühe für etwas, das nicht irgend wann einmal vollständig und rund wird? Niemand.

Nein, sagt Helen.

Wir haben uns seit Jahrzehnten im Anziehen von Kitteln geübt, und dann finden wir eines Morgens den zweiten Ärmel nicht mehr, stoßen ins glatte Futter hinein, mehrmals, dahin, wo jahrzehntelang eine Öffnung gewesen war und wo nun keine mehr ist. Wir haben, ruft Haller in Helens Lachen hinein, wir haben uns im Anziehen von Büstenhaltern geübt, und dann passt der Körper eines Morgens nicht mehr in die Wäsche. Wir erkennen sie nicht wieder, diese Wäsche, und dann auch uns selber nicht. Wir schauen in den Spiegel und denken: Das kann nicht ich sein.

Helen greift sich mit den Händen an die Rippen, als wollte sie sich ihrer Brüste versichern.

Wir hätten, weiß Gott –, seufzt Haller. Die anschließende Pause ist wie ein langes Gähnen. Wenn Gott uns so sähe, Helen. Was würde er bei sich denken.

Amen, sagt Helen. Sie sitzt aufgerichtet und wie erschrocken da.

Aus der Voliere kommt der Ruf eines Beos.

Um auf Strack zurückzukommen. Haller wischt sich die Mundwinkel und schweigt.

Der Tote, sagt er, glich mehr einem Toten als Strack. Er sah aus wie Humphrey Bogart. So muss Bogart ausgesehen haben, als er tot war. Andererseits – Haller verliert den Faden und findet ihn wieder: So tot, ich meine wie Strack, so kann kein anderer sein.

Eine Pensionärin hält sich mit verdrehtem Arm am Rahmen der Schiebetür fest. Sie hat von Majas Namen, Sturzenegger, nur die hintere Hälfte, Egger, und lässt sich außerhalb der Essenszeiten sonst nicht blicken. Frau Egger würde sich schämen, nimmt Haller an, mehr als nötig mit den übrigen Pensionären zusammen zu sein. Dass die Alten, um zu verblöden, dasselbe Haus benützen, in dem sie ihren Lebensabend verbringt, ist hart genug. Frau Eggers obere Zähne stehen leicht vor. Wenn sie lacht, was selten geschieht, hat es den Anschein, als halte sie die Zähne mit den Lippen zurück, damit sie nicht aus dem Mund auf den Tisch und wenn möglich in den Suppenteller fallen.

Haller sagt: Man fährt sein letztes Stück zu Ende wie in einem Nachtzug, und die Gedanken fahren mit. Man fährt mit dem Rücken, denkt mit dem Rücken zum Leben. Man entfernt sich. Haller nickt mit geschlossenen nassen Augen. Er schnäuzt sich.

Leben, sagt er, ist ein Wort ohne Geländer. Man weiß nicht mehr recht, was damit einmal gemeint war, man wusste es auch damals nicht. Es zog sich in die Länge, in die Breite, und es reichte einem mehr oder weniger weit über den Kopf. Manchmal rechnete man auch die Wolken dazu und alles. Es gab dann nichts, was nicht dazugehörte. Haller hat das Taschentuch noch in der Hand. Das Dunkelste, worauf man stieß, war unter dem Rock, war eine Stelle, die man mit dem

Finger ausmachen konnte, die mit einem Seufzen verbunden war.

Haller schnäuzt sich noch einmal. Das Schnäuzen richtet ihn auf. Er schaut in Helens Gesicht. Damals haben wir geglaubt, dass alles noch einmal gut werden würde. Haller überlegt: Ist es das, fragt er, was ich sagen wollte?

Helen nickt bestimmt.

Ich weiß nicht, ob ich das Richtige sage. Haller wickelt das Geschnäuzte ein, gibt dem Taschentuch die Form eines kleinen Kissens, das er an die Augenwinkel drückt. Ob ich das Falsche sage. Ich weiß es nicht.

Nein, sagt Helen.

Ich habe nur so lange eine Hoffnung, als ich rede. Wenn ich aufhöre zu reden, komme ich um. Wenn du umkommst, Helen, höre ich auf zu reden.

Haller packt ihre Hand, die ein wenig zuckt. Sie schaut seinen Handrücken an, tippt mit einem Finger auf einen großen Altersfleck, um den sich kleinere versammeln. Dann lässt sie eine Hand auf seine fallen und befreit die darunter gefangene andere Hand. Auch Haller bringt beide Hände ins Spiel. Daraus ergibt sich ein kurzes vierhändiges Gewühl.

Haller sagt: Wenn wir miteinander vögeln würden.

Helen schaut ihn interessiert an. Ja, antwortet sie. Und flüstert dann, indem sie sich vorbeugt: Ich weiß nicht mehr, vielleicht, wie alles der Reihe nach geht.

Zuerst ziehen wir uns aus.

Das ist kompliziert, sagt sie, und anstrengend auch.

Haller behauptet: Ich weiß.

Wir lassen es besser bleiben, sagt oder fragt sie.

Haller denkt an die möglichen Komplikationen, wird selber kompliziert beim Versuch, in der Vorstellung Kleider und menschliche Glieder voneinander zu trennen.

Und wenn du mich ausgezogen hast, schaust du mich an, wie?, fragt sie schlau.

Haller, überrascht: Ja, dann schau ich dich an.

Sagst du etwas dazu?

Dass du mir gefällst, sage ich.

Tust du etwas?

Ich küsse dich.

Und wenn ich dir nicht gefalle?

Haller, immer noch beschäftigt mit der Frage der Reihenfolge, gibt keine Antwort.

Und wenn ich dir nicht gefalle?

Überhaupt, sagt Haller: Wir fangen mit dem Küssen an!

Mit dem Küssen, mit den Füßen. Helen fasst Haller am Arm: Und wann fängt der Anfang an?

Wann du willst.

Haben wir uns überhaupt schon verliebt?

Haller wäre nicht auf diese Frage gekommen. Helen lacht über sein verzogenes Gesicht. Sie knöpft ihre Jacke zu, von unten nach oben, Knopf für Knopf; sie ist schon über die leere Stelle hinaus, die der abgefallene Knopf hinterlassen hat, nähert sich dem obersten Knopf zwischen den Schlüsselbeinen. Und wenn ich dir nicht gefalle?, fragt sie noch einmal und gibt selbst die Antwort: Wenn ich dir nicht gefalle und du mir auch nicht gefällst, dann ziehen wir uns wieder an.

Haller willigt ein: Dann ziehen wir uns wieder an. Er steht auf und bückt sich, um Helen zu küssen. Ihr Mund kommt ihm entgegen, aber Haller steht zu wenig stabil, um mit seinen Lippen länger als einen Augenblick zu verweilen. Trotzdem: Etwas ist schön daran, unzweifelhaft.

Helen lächelt.

Haller schaut ein zweites Mal hin. Etwas Unbegreifliches ist in ihrem Gesicht.

Wir sind verliebt, sagt sie, sonst würden wir uns nicht küssen.

Du riechst gut, flüstert er.

Du stinkst, sagt sie.

Jemand klatscht Applaus. Gegen die Sonne lässt sich nicht erkennen, wer es ist. Frau Egger hat sich zurückgezogen. Die Schiebetür ist halb zu.

Es wird kühl, Herr Haller. Ruth hebt einen Krückstock auf, nach dem Frau Suter ihre krummen Finger ausstreckt. Zeitweise weht jetzt tatsächlich ein Luftzug zwischen den Häusern, der um die Ecken herum nach einem Weg oder Ausweg sucht und ihn anscheinend findet, denn gleich ist es wieder still. Die überseeischen Vogelrufe sind auch verstummt.

Helen schnalzt mit der Zunge. Magst du Tombolas?, fragt sie.

Haller ist damit beschäftigt, sich Frau Suter in der religiösen Gemeinschaft vorzustellen, in der sie war oder immer noch ist, umringt von Menschen, die sich untereinander Bruder und Schwester nennen.

Ich schon, sagt Helen.

Der Veranstaltungskalender des Hauses kündigt eine Tombola für das Ende des kommenden Monats an. Der Erlös geht diesmal an bedürftige alte Menschen in Albanien. Schon am Vorabend werden die Preise in der Cafeteria auf zwei zusammengeschobenen Tischen zu einer breiten Pyramide aufgebaut. Da sind zum Beispiel Vasen in verschiedener Größe, ein Heizkissen, Bücherstützen mit geschnitzten Elefanten, Bücher in Großdruck, ein Rehgeweih, eine hölzerne Schachtel mit Wurzelmaserfurnier, ein kleiner Frauenakt, kniend, aus Bronze, mit altmodischer Frisur, eine Flasche Tonikum, mehrere Flaschen Spezialshampoo, mehrere Töpfe mit Primeln oder Hyazinthen. Größere Sachen, die das Zimmer verstellen würden, sind nicht dabei. Der eine oder andere Gegenstand lässt die Idee aufkommen, dass es sich um das Geschenk eines sterbenden Pensionärs oder seiner Nachkommen handelt, was aber, das hat die Direktion ausdrücklich erklärt, ein Unsinn ist.

Haller sagt: Ich mag das Wort Tombola.

Helen: Tombola. So hat meine älteste Schwester geheißen.

Das ist nicht wahr.

Nein, gibt Helen zu, das ist nicht wahr.

Im Westen, hinter dem Mostbirnbaum, steht ein dunkelgrauer Wolkendamm. Das Weiße davor sind Möwen mit weichen Flügeln.

Frierst du?, fragt Haller.

Helen ist zum leeren Knopfloch zurückgekehrt. Sie befühlt seinen Rand. Sie schiebt die Spitze des Daumens ins Loch, dann den kleinen Finger, der leicht durchgeht. Der Ringfinger scheint am bequemsten in die Öffnung zu passen. Für den Mittelfinger wird's eng. Helen schraubt ihn geduldig hinein, bis er ganz festsitzt.

Ich friere nicht, sagt Haller, ich habe nur kalt. Wenn du frierst, liegt es nicht an der Decke, sondern an den Beinen. Die sind zu lang, wenn du gestattest, die Füße zu weit von der Mitte entfernt. Jetzt, wo du nicht mehr gehen kannst, müssten deine Beine nicht mehr bis zum Boden reichen. Eigentlich. Zum Sitzen und zum Liegen wären kürzere Beine lang genug. Haller lacht mit viel Verspätung.

Ein Windstoß hebt ein einzelnes dürres Blatt empor. Es fliegt hoch in die weiße, blaue und graue Luft und stolpert dann in eine Windlücke hinein. Die heranrückenden dunklen Wolken haben schon fast die Sonne erreicht.

Haller, mit einer Gebärde, die Himmel und Erde zusammenfasst: Das also ist der 25. Februar. Schau ihn dir an, Helen, diesen 25. Februar. Es ist ganz so, als hätten wir heute frei.

Helen schaut Haller an statt den Tag, auf den er hinauszeigt. Hans, sagt sie. Es klingt nach einem Versuch.

Haller erschrickt vor Freude. Für einen Augenblick nimmt er fast körperlich die Form seines Vornamens an. Zusammen mit einem tieferen Atemzug denkt er dann *ihren* Namen so deutlich, als spräche er ihn aus. Haller weiß nicht, zu welcher Art von Glück das erlebte zu zählen ist. Er weiß überhaupt nicht, wo ihm der Kopf steht. Was habe ich sagen wollen?, fragt er.

Dass wir den 25. Februar haben.

Haller wiederholt: den 25. Februar. Er überprüft, ob es tatsächlich das ist, was er sagen wollte. Das Ergebnis: Kann sein. Der nächste Tag, sagt er, ist der 26. Wir haben zählen gelernt. Alles mussten wir lernen. Wir haben Französisch, Englisch, Italienisch gelernt. Uno, due, tre, quattro, cinque, sei, sette, otto, nove, dieci, undici, dodici, tredici, quattordici, quindici ... Haller zählt weiter auf Deutsch, indem er lautlos die Lippen bewegt, mit einem Nicken bei jeder Zahl. Helen, merkt er, zählt mit. Sie nickt im gleichen Takt.

Dreihundert!, ruft sie.

Dreihundert, bestätigt er und atmet auf. Er sagt: Das Licht ist kolossal. Wenn das so weitergeht, sind wir bald bis auf die Knochen hell.

Vierhundert!, ruft sie.

Bei fünfhundert hörst du auf!

Sie nickt und nickt.

Bei tausend, bittet er.

Die Sonne ist weg. Der Schnee liegt auf einmal ausgestreckt in einer gleichförmigen Dämmerung. Um den Mostbirnbaum ist es schon Nacht. „Dunkel wie in einer Kuh", hätte Hallers Mutter gesagt. Helen hat mit ihrem Nicken aufgehört. Schon eine ganze Weile, merkt Haller, nickt sie nicht mehr. Er steht auf. Er löst die Bremse des Rollstuhls und schiebt Helen dem Licht entgegen, das aus der Cafeteria kommt.

Der Knopf, sagt sie und öffnet und schließt eine leere Hand.

Wo hast du ihn?

Ja, wo, sagt sie.

Die Person, die am Eingang wartet, ist Ruth.

Helen hat den Kopf so in den Nacken gelegt, dass Haller auf ein verkehrtes Gesicht hinabsieht. In der Mundöffnung ist nur eine, die untere Reihe der Zähne erkennbar.

Magst du Hochzeiten?, fragt sie.

Jürg Amann

AM UFER DES FLUSSES

Erzählung

13 x 21 cm, Hardcover mit Schutzumschlag, 96 Seiten
ISBN 3-85218-350-2

Die berührende Geschichte zweier Freunde, ihrer Herkunft, ihres Lebens, ihrer Lieben. Und vor allem des Abschieds, den sie zu nehmen haben, vom Leben und voneinander.

„... eine meisterliche Erzählung."
(Roman Bucheli, NZZ)

„... dichte, hochwertige Prosa ... ein konzentrierter Text von beeindruckender Geschlossenheit."
(Eva Leipprand, Süddeutsche Zeitung)

„Amann erzählt nüchtern und stets knapp, in der Erzählstruktur orientiert an der Assoziativität des Gedächtnisses. Der Tragik begegnet er mit Galgenhumor, dem Leid erspart er die Larmoyanz."
(Walter Buckl, Donaukurier)

„Ein kleines, stilles Meisterwerk, dem man wünscht, dass es im lauten Getöse des Literaturbetriebs nicht untergeht." *(Sabine Grimkowski, NDR)*

Jürg Beeler

DIE LIEBE, SAGTE STRADIVARI

Roman

*13 x 21 cm, Hardcover mit Schutzumschlag, 176 Seiten
ISBN 3-85218-381-2*

Woher kommt der unvergleichliche Klang von Stradivaris Geigen? Geigenbaumeister Simon Hofbauer glaubt seinem großen Vorbild endlich auf die Schliche gekommen zu sein. Er ist verheiratet mit der Malerin und Restauratorin Marta und liebt gleichzeitig die Cellistin Anne. Das ungleiche Quartett vervollständigt Simons Freund Paul, der sich in Anne verliebt und nicht ahnt, daß sie die Geliebte seines Freundes ist ...

„Jürg Beeler entfaltet seine Geschichte auf verschiedenen Zeitebenen, aber auch in erregender Gleichzeitigkeit. Immer wieder leuchtet sein Text poetisch auf, verdichtet sich im parallel laufenden Strang mit den Notizen aus dem ‚Buch der Trennungen' ..."
(Beatrice Eichmann-Leutenegger, NZZ)

„Jürg Beeler gelingt es meisterhaft, mehrere Handlungsfäden in wunderschöne Sprachbilder zu kleiden und zu einer zarten Melodie zu verweben. Dieser Roman ist eine Hommage an die Liebe, ein Buch über Bücher, Musik, Kunst, über Zeit und Vergänglichkeit ..."
(Alice Bohdal, JazzZeit)

KLAUS MERZ

ADAMS KOSTÜM

Drei Erzählungen

*13 x 21 cm, Hardcover mit Schutzumschlag, 96 Seiten,
Zeichnungen von Heinz Egger
ISBN 3-85218-361-8*

Drei Geschichten über Frauen und Männer,
über Entfernung und Nähe und die Spanne Zeit
dazwischen. Unter den knapp gezeichneten Bildern
menschlicher Existenz und gesellschaftlicher
Wirklichkeit entfalten sich heftigste Gefühle,
Abgründe öffnen sich, doch hartnäckig leuchtet
dazwischen immer das Glück auf.

„... Es ist der Alltagsstaub, der unter der
Hand dieses Autors zu glitzern beginnt ...
Klaus Merz liefert mit seinen drei Erzählungen
eine souveräne Demonstration seines
schriftstellerischen Könnens."
(Samuel Moser, NZZ)

„In seinen Erzählungen ist alles Spektakuläre und
Suggestive radikal – das Wortspiel sei erlaubt – ausge-
merzt, die Katastrophen ereignen sich so lautlos wie
die Glücksmomente, und beide liegen oft verstörend
nahe beieinander ... Klaus Merz flieht nicht ins Weite,
sondern lotet lieber in die Tiefe, ohne dabei freilich
je ins Tiefsinnige abzurutschen ..."
(Peter Hamm, Die Zeit)